锐
小说

你 不 知 道
路 往 哪 边 拐

陈再见 〰〰〰 著

南方出版传媒
花城出版社
中国·广州

图书在版编目（ＣＩＰ）数据

你不知道路往哪边拐 / 陈再见著. -- 广州 ： 花城
出版社，2017.1
（锐·小说）
ISBN 978-7-5360-8167-3

Ⅰ．①你… Ⅱ．①陈… Ⅲ．①中篇小说－小说集－中
国－当代②短篇小说－小说集－中国－当代 Ⅳ.
①I247.7

中国版本图书馆CIP数据核字 (2016) 第306889号

出 版 人：詹秀敏
责任编辑：文　珍　周思仪
技术编辑：薛伟民　凌春梅
封面设计：　　棱角视觉
　　　　　　　ANGULAR VISION

书　　名　你不知道路往哪边拐
　　　　　NI BU ZHI DAO LU WANG NA BIAN GUAI
出版发行　花城出版社
　　　　　（广州市环市东路水荫路11号）
经　　销　全国新华书店
印　　刷　广东新华印刷有限公司
　　　　　（广东省佛山市南海区盐步河东中心路23号）
开　　本　880毫米×1230毫米　32开
印　　张　7.75　2插页
字　　数　138,000字
版　　次　2017年1月第1版　2017年1月第1次印刷
定　　价　32.00元

如发现印装质量问题，请直接与印刷厂联系调换。
购书热线：020-37604658　37602954
花城出版社网站：http://www.fcph.com.cn

目 录

鸟儿走在回巢的路上

长途旅行的人到达车站却突然想起

他丢了钥匙

——扎加耶夫斯基

1

曹勇决定行动了。他看见了灯光。灯光肯定来自岸上，这是确切的，无疑的。曹勇不可能拿生命开玩笑，他是死过一次的人。五年坚忍，也是为了活下来。他闭了闭眼睛，再睁开——他怕是看花了眼，说不定那只是漫天星光。

此刻是半夜，海水有些波动，渔船像摇篮一样晃着。他们睡得很死。曹勇脑中一闪而过的画面，却是五年前躺在摇篮里的儿子。他还没来得及给儿子取一个好听的名字，如今也忘了他的模样了。曹勇双眼一闭，憋着一口长气，终于跃进了海里。海水冰冷，却有坚实之感，仿佛着陆的，是大地，是沙土组成的大地，不是海，也不是水。

曹勇向灯火处游去——他这辈子都不想再靠近大海一步了，如果他今夜能逃离这片海域到达有灯火的岸上的话。五年来，他试过所有逃脱的办法，最终都没能得逞，跳海是最后的选择了，他们也料不到他会走这一步。几乎是把命交给了神明，能不能活下来，就看神怎么做决定了。

那片灯火却像在和曹勇作对。曹勇越游，似乎离灯火越远了。一个小时后，曹勇已经筋疲力尽，海水不时打在他的脸上，他一张嘴，满满一口咸水就涌进了嘴巴，直接灌到了肚子里，他都快喘不过气来了。他想，不会就这样葬身海底吧。即使他能撑住，事实上他对自己的水性没怀疑过，行海人不就这点本事吗？他怕要是遇到了鲨鱼，便再好的水性也没用，他只能眼睁睁看着那片岸上的灯火在眼里无情地熄灭下去。

不管怎么样，他离那艘控制了自己五年之久的甲长渔船越来越远了，以至于最后成了几个小亮点，看起来似乎和岸上的灯火一样遥远。这让他感觉欣慰。是啊，他总算是逃出来了，即使是死，也不会死在那艘船上。此刻，就是死在海里，也成了不是那么坏的事情了。这么一想时，曹勇反而放松了下来，他不急不躁地，继续往灯火的方向游去。速度可以说很慢，有时游出十几米，被一个浪又打回到原处。他便只能再游。奇怪，当他这样做时，身体反而获得了无限的力量。曹勇又游了一个小时。他发现灯火似乎比之前的亮了不少，但还是没有明显地感觉到与它们拉近了距离。他开始怀疑，那到底是不是岸边？如果不是，就算他能游一辈子，也游不到海的对岸。海有多大，曹勇最清楚不过了。

　　曹勇趴在一块泡沫上，他再也游不动了。他的手脚开始发麻，口也渴得要命，他不敢喝海水，那样只会更难受。他就只能趴在泡沫上随波漂浮，等身体恢复了力气，再重新游。他照这样的办法又坚持了一个小时，发现自己还残余着力量，还没断气，还没身子软下去并沉入海底时，他突然乐观起来，坚信自己一定死不了，一定能游到灯光处，一定能再次踏上土地，一定能见着妻儿，就像五年前遭遇那场大台风，全船的人都死了，就他一人活了下来。他命大。谁会想到，他竟然趴在一块铁皮上在海中央漂了一个礼拜，更想不到的是茫茫大海，他又遇到了经过的渔船——当然了，他上的是一艘贼船，但至少人家救了他的命，有吃有住，要说用五年的时间换回一条命，那也是值得的。关键是，曹勇今晚要游上岸。他抬头望天，竟然望见漫天星辰，北斗七星的光比岸上的灯光要亮得多。他心里默念：神明佑我曹勇逃过此劫！

2

　　六个小时，或者七个，曹勇终于上了岸。此时天已微亮，曹勇趴在沙滩上，双脚发软，站不起来，如一条被腌制的咸鱼。他害怕虚弱的身体会被海水重新带回大海，只能靠双手拼命地往前爬，已经被海水泡得粗大起皱的十指抓在沙滩里，尽管一点抓牢的感觉都没有，但还是让他感觉到了踏实。五年啦，他又重新触碰到了沙土，亲切的，有生命的沙土！大海再辽阔，也比不上一粒沙实在。他在那艘渔船上生活了五年，五年来与大地最近的一次便是远远眺望过码头，当然，还有海中央的无人荒岛。他曾用拙劣的技巧骗他们："让我上去一次，我不逃。"那些人笑着跟他说："你就当自己已经死了吧，在这里，吃好住好，你还不知足啊？我们行海人还不就是这样的命？"他被说得哑口无言。事实上，他们人多，他们认定他已经是他们的人了，是他们救了他一命，哪能白白让他走人，像白捡了一个渔工，还是个熟手，多好的事情。头两年，曹勇还是试图卖力干活，和他们打好关系，说不定他们一时心软，就会放他上岸。越到后来，他越觉得想通过和平方式离开几乎是不可能的了，唯一的办法，便是逃跑，而逃跑的唯一路径，就只能是跳海了。赌一把！他的人生面临三个可能：一是在大海里过一辈子；一是成功逃脱，上了岸，回家寻妻儿；还有就是，葬身海底。

　　他终于没死在海里。他双手交替，一点点把身体挪上没有海水的沙滩，等他的身体终于脱离了海水后，他才松了一口气，随之也晕死了过去。一群觅蟹爬上他的身体，以为那只是海边的一堆沙土，或者一块礁石。他黑如木炭。

曹勇是被小孩的叫喊声吵醒的。他睁开眼，迷迷糊糊看见阳光里，几个只穿着三角裤的小孩（还有一个小点的什么也没穿，小鸡鸡边跑边晃），指着躺在沙滩上的曹勇的"尸体"大喊大叫，并纷纷跑上了长满马鲛藤的干沙滩，企图喊来大人。不一会，更多的喊叫和人影朝曹勇跑了过来，他们看见曹勇已经站起来了。他拍拍身上的沙土，眯着眼睛看太阳，天气真他妈的热！来人看见那个"尸体"竟然自己站起来了，惊愕中难免有些失落，他们转身离开，只有原先那几个小孩，还盯着曹勇看，像是见了鬼一般。曹勇每走近他们一步，他们就向后退一步，那个没穿裤子的小孩的小鸡鸡像烧螺尾巴一样，连晃都不会晃了——他们差点惊叫起来。曹勇的形象也太吓人了点，五年来，他几乎没怎么收拾过自己的须发，过长的时候才会对着镜子拿剪刀剪一剪，剪得自然跟让狗啃了没什么区别。所以，孩子们看他头发蓬松、络腮大胡子，感觉像是见到了电影里才有的尼斯湖海怪，或者是神农架野人。

曹勇问他们："有吃的吗？"

这话让孩子们放下心来，由此证明这不是一个怪物，是个人，因为他在找吃的。其中一个黑瘦的孩子转身就往海边一处草寮跑，等他回来时，手里已经拿着两个番薯了，扔给曹勇。曹勇接住一个，另一个掉在沙滩上。他弯身捡起，两个番薯一起塞进了大嘴巴。番薯是凉的，但没关系，好吃。这些年，曹勇每天拉网打鱼搬鱼，劳动量大，饭量也出奇的大。曹勇在心里打算，得先投靠一下人家，要不然，没被海水淹死，也会饿死。

3

曹勇并不知道自己身在何处，离家乡远不远，也许不远，也许是千里之隔。五年的海上漂浮生涯，从一个码头到另一个码头，一个城市到另一个城市，他也曾刻意去记住它们的名字，或认定远远的一座灯塔，仿佛能这样依照路线循回重返的路。后来他就完全弄不清楚了，到过的地方实在太多，好多码头景象也都似曾相识；最后，他连时间都没能记住，只知道白天黑夜，至于是哪年哪月哪天，他全然不知道，知道了也意义不大，对他来说每天都一样，重复同样的工作。因为隐约记得船上人吃过五次红面粿，曹勇才知道已经过去了五年。

曹勇随孩子们来到了渔民的住所。他每踩出一步，一粒沙一块石，都让他感觉到陌生而坚实。孩子们可高兴了，边走边大喊："海里上来了一个人。"这话很具煽动性，很快，渔民们便都围了过来。他们看曹勇的目光和孩子们肯定是不一样的，他们在观察这是一个好人还是个坏人。

"救救我。"这是曹勇跟他们说的第一句话。

这话瞬间让他们脸上的紧张肌肉松弛了下来，好不好暂时不知道，但这是一个需要救助的人，便没有什么可怕的。

"怎么啦？""发生什么事？""你是从海里游上来的？""你是行海人？""你哪里的？"……各种问题向曹勇袭来。曹勇却不想说出实情，他只说渔船遭遇台风，大难不死，漂了上来。事实上，曹勇也没说谎，只是那场台风发生在五年前，如果可以的话，他真希望这中间的五年在记忆里删除掉，就当是从来没发生过，就当是他遭遇台风后在海上足足漂流了五年之久……此刻，曹勇其实只想回家，告诉妻儿，他回来了。他有点怀疑是不是一不小心闯进了一出电视剧的离奇剧情里。太不可思议了，他难以想象。妻子见到他会怎么想？他的儿子呢？取了一个什么样的名字？五岁了，应该会走会跳会说话，上幼儿园了。

幸运的是，曹勇遇到的是一帮善良的渔民。他们给他饭吃，给他换了衣裳，甚至还送他到附近的城区。当然，他们没忘了告诉他，他艰苦登陆的是一个叫云城的地方。曹勇听都没听说过这么个小城，但他还是在地图里找到了云城和老家东海之间的距离，不远也不近。曹勇在云城的街道上茫然四顾，他先找了个电话亭，摁下脑海里唯一记住的一串数字，那是妻子的手机号码。可是电话那端传来的却是一个男人的声音。曹勇吓一跳，问你谁啊？那人说，我还问你是谁呢？听口音，不像是东海人。曹勇问，我老婆呢？那人生气了，你老婆问我干吗？你打错了。说着就把手机摁了。曹勇这才知道，五年过去了，妻子也已经换了号码。这一结果反倒让曹勇舒了口气，幸好是打错了，否则那男人的来历就不知道怎么解释了。曹勇吓出一身冷汗。

4

半个月后，曹勇一路拾荒，走回了家乡东海城。这个海滨小城没什么变化，甚至可以说是一成不变，最高的楼还是青云山下的政府大楼，最宽的路还是马街。曹勇以一副衣衫褴褛的落魄模样走在马街上，谁也认不得他。街上每天来来往往的乞讨者也不少，突然多出这么一个，似乎没引起街上人更多的注意。曹勇也希望这样。他可不想大张旗鼓，他觉得失踪五年已经是够丢人的事情了，如今再以这样的形象示人，更没了脸面。还是先回家吧。曹勇当然记得家在哪里——马街末端往北一条名叫旧厝的巷子里，31号房屋，便是他的家。他记得清清楚楚，瞬间随之回到眼前的，便是与妻儿在一起时的种种温馨场面了。作为一个行海人，曹勇本来就不是那种能常年在家的男人，对于和睦的场景便总是能刻骨铭心。而眼下，似乎也可以算是一次久别后的返回。如果能这样的话，曹勇会轻松不少，尽管时间有点长，但可以肯定的是，妻儿一定在家里等着。现在的问题是，曹勇拿不准家里还是不是他以前每次回家看到的那个场景，它是否悄然发生了变化，或者正在变化，而曹勇的突然归来，反倒成了那变化的破坏者，或者阻碍者了。这么一想，曹勇成了一个不速之客，成了一个闯入者。情况会不会这么糟糕？曹勇都难以把握，他竟然感觉不忍心，或者至少不应该如此鲁莽地闯入，再看看吧，即使是一个不速之客，似乎也应该礼貌一些——这是怎么啦？那可是自己的家，辛辛苦苦建起来的家。他行海十年，本以为生活就应该按着他的意愿继续往好的方向行进的，没想到的是，路突然拐了弯，他凭空便在妻儿的生活里消失了五年。在妻子想来，他肯定是死了的，因为那艘船上的几十名渔工，都被大浪卷入了海底。是的，他已经死了，一个死了的人，还能不能奢望活着的人为他坚守原貌呢？曹勇放慢了脚步，他甚至在路边蹲了下来。他要想一想，该不该立马去敲响那扇熟悉的门。

　　一直到了夜里，东海城的夜晚和中国所有县城一样，显露出了浮躁的喧闹。马街上人车来往频繁，街道由于被两边的大排档占去了位置，显得很窄，时不时要塞上一时半刻。海鲜粥的美味裹着夏夜燥热的下水道味道一起涌进曹勇的鼻腔。他饿了。他该有多久没吃一顿好饭了，更谈不上海鲜，在船上虽说吃的也是海鲜，却是一些杂碎鱼，煮熟了，浇上半两豉油就吃了，被当猪狗一样对待。此刻曹勇却没有吃的胃口，他像是这个县城的潜入者，害怕遇到认识的人。他潜行在黑夜里，慢慢靠近自己的家——或者说曾经的家。他选了个巷子拐角处，像个真正的流浪汉那样猫在墙角。他躲在暗处，看着自家门口，有一滩光照出来，被门拉扯成菱形。曹勇猫了好几个钟头，他盯着门口的灯光，看样子倒像是小时候看露天电影，却不能在光影里看见任何的画面和人物。是的，第一天晚上，除了几声若隐若现的人声，一直到有人出来咔叽一声关了大门，把那滩光给收了进去……曹勇都没看到任何人影。他怀疑是不是盯错了家门。好几次，他都险些冲动，跳上去敲门，或者像个主人那样掏出钥匙去开——他本来就是主人。他不敢。仿佛有谜团等着他去开启，他不愿意看到真相狰狞的面目。

5

几天来，曹勇都埋伏在家的周围，竟慢慢进入了这一角色。他看见一个小男孩每天上学放学，那无疑是他的儿子，屋里的女人喊他鸿仔。他的儿子起了名字叫鸿仔。显然，鸿仔已经五岁了。五岁的鸿仔看起来长得不错，像六七岁的样子，能独自一人出门回家。他动作迟缓，过马路什么的却也能自如应付。看起来挺陌生的一个小男孩，曹勇还是感觉亲切，那毕竟是自己的骨肉。事情完全不应该是这样的。曹勇鼻头酸楚。曹勇倾听着屋里的动静，他希望能听到另外的声音，比如一个男的，或者一个更小的婴儿的哭声……他似乎听到了，仔细一辨，不是，是猫叫——马街的流浪猫经常跳上屋顶，他以前每次回家都深受其扰，有一次还上了屋顶去赶，踩断一截瓦片差点从屋顶上摔下来，妻子挺着个大肚子竟然张开双臂想接住他。当然，他没摔下去，否则早该没命了。后来他干脆收养了一只流浪猫，取名殿下，是妻子从一出宫廷连续剧听来的名字……他突然在记忆深处搜出这么一幕来，不禁悲伤起来。不知殿下还在吗？反正曹勇没见着，他突然有些想念。他害怕听到屋里有另外的声音，好在，还真没有。但是，这并不代表事情就完全按照他的意思演绎。这天早上，曹勇又看着鸿仔背着书包出了门，然而他似乎又记起了什么，回头问屋里："爸爸什么时候回来，老师要跟他要钱。"这话让曹勇忽地心头一热，不知道儿子话里的爸爸是指谁。屋里的女人回道："过几天你爸就回了，跟老师说暑假前一定还，别老催。知道吗？记得跟李老师说。是李老师问你的吧？"鸿仔便低着头走上旧厝巷，往马街的方向走去。

没错。一点也没错。曹勇心里担心的事还是发生了。此刻这对母子对话中的"爸爸"显然不是曹勇，是另一个未知的男人。曹勇一时竟不知道接下来该怎么办？是冲进家里大闹，将事情摊明，把妻儿要回来，还是默默离开，就当自己真的死掉了，那场台风真的置他于死地了。然而，他像个孩子一样升起一种幼稚的好奇，既不想冲进去，也不想离开，他还想蛰伏在自家门口，不干什么，就想看看妻子又找了一个什么样的男人，他的身材、五官、脾性、言语、动作、笑容……他竟然都想看一看，研究一下，是否可靠，是否是个好人，仿佛要为妻子把一下关，或者说，妻子再嫁了那么一个男人，到底值不值得……这个好奇心，让曹勇兴奋的同时也深感耻辱，其实他大可大摇大摆走进家去，就像以往每次回来那样，推开了门就能看见妻子惊喜的笑容。眼下其实更值得那样做，大难不死，他完全可以让妻子趴在他的身上大哭一场——为什么不呢？为什么要顾忌那么多呢？其实也很简单，他只是不希望看到妻子在一个本该欢喜的时候表现出愧疚，到底是喜还是忧？自尊的曹勇完全受不了那样的场景。

　　接下来一段时间，曹勇特意在等一个陌生男人的出现。这让他感觉莫名其妙，却又固执得很。他偶尔能见妻子到门口倒水的身影，也是匆匆一转身，就进去了。曹勇没看清楚，却也确信无疑了。他对妻子的身段再熟悉不过，和东海城一样，五年来几乎一点没变，她穿着很旧的花点睡衣，显得宽大，乍一看，像是披着一件床单。这个女人竟然一步都不出门，曹勇有点奇怪，似乎是第一次发现，但他不能这么认为，他是了解她的，她早就是一个内向的羞于见人的女孩。早就是这样的。曹勇自言自语般肯定。也就是说，这个家，大多时候就她一个人在，一直是这样，她习惯了不出门，以家为世界。她的男人已经连续十多天没回家了，她该不会又找了一个行海人吧？曹勇这么猜测，又觉得她不会做出那样的选择，哪怕她后来成了一个寡妇。曹勇在家时，她就不止一次劝他改行，去学油漆，或者去建筑队拿泥刀，都比行海强。曹勇也不知道为什么，就是没听她的，大概也是人到中年，懒得再从头开始。她不会再犯第二次错误。

6

曹勇开始觉得如此长时间地监视别人的家庭是一件挺危险的事。是的，房屋是别人的，即使他还帮着泥匠排了两垄瓦片；妻子也是别人的，连同儿子，如今也是别人的。不，儿子始终是自己的。曹勇觉得就算什么都没有了，至少还有儿子。

他得先接近这个叫鸿仔的孩子。

曹勇跟了鸿仔一路，摸清了他上学的幼儿园，不远，在马街对面，那儿曾经是交通局的一个扣车场，如今改成了六社大町幼儿园，应该是近几年的事，是曹勇所不知道的。为了接近儿子，曹勇在形象上费了把劲，用那点靠一路拾荒得来的钱去理了发，修了胡须，换了身干净的衣服。曹勇还不敢把络腮胡剃了，他得掩人耳目，虽然东海城认识他的人不多，也怕万一遇上，弄不好人家感觉还见鬼了。接近鸿仔却是不怕的，这小子，看样子笨笨痴痴的，怎么也没想到他还会有另一个爸爸。

曹勇得像个父亲那样自信，以免被人当成人贩子，他事先准备了糖果。尽管如此，曹勇真的要接近儿子的那一刻，比干什么都紧张，心噗噗跳，像是一只走在回巢路上的鸟儿，儿子便是他面临的一道门，至少是第一道门。

　　"嗨，小朋友，一个人回家啊？"这是曹勇对儿子说的第一句话。

　　显然，面前的小孩并不清楚曹勇是否在和他说话，他以小孩的纯真眼神茫然四顾，最后才把目光落在了曹勇身上。然后他点点头，径直走路。他的书包看起来比身体还大，他穿过马街时，左右避让着混乱的摩托车和汽车，显得经验丰富。曹勇紧跟其后，他真希望能这样每天护送儿子来回。下半辈子就干这么一件事。

　　"你过马路好厉害哦。"曹勇说出第二句话。这时他已经和他并行走了，像一对父子那样。

　　"叔叔你要跟我回家吗？"小孩突然问。

　　曹勇愣了一下，孩子的话让他无法回答。他这才想起袋里的糖果，便马上都掏了出来，动作紧张而慌乱，递了过去。

　　"我妈说不能随便吃人家的东西。"

　　"没事，你不记得我啦，我是你——"曹勇停顿了一下，他本来想说"你妈妈"的，突然改成："我是你——爸爸的朋友。"

　　"我爸爸不在家。"

"你爸爸去哪了？也不接你回家。"

"我爸爸开车出去了，我爸爸的车和房子一样大。他从不接我回家。"

"你爸爸这么厉害啊。"

"是，他总是说我傻傻的。"

"你不傻啊，你很聪明。对了，你叫什么名字？"

"我叫严家鸿，大家都叫我鸿仔。"

曹勇的心像是被铁丝拴住，猛地一抽，便血肉模糊了。他的儿子不姓曹，姓了一个陌生的"严"——那个姓严的开大车的男人已经结结实实把曹勇的一切占为己有了。不得不承认，那个姓严的家伙还是给孩子取了个好名字，如果是他取的的话。曹勇挺喜欢"家鸿"这个名字的，一股正气，叫得响，不猥琐，这样看来，儿子的形象还真有点配不上这么阳光的名字。只是儿子应该姓曹，曹家鸿。

曹勇最后跟严家鸿说："以后有事就找叔叔，叔叔给你带吃的。"

严家鸿点点头，又露出傻傻痴痴的表情，转身拐进了巷子。

7

以曹勇对东海人的了解，其实不难猜测，那个姓严的家伙十有八九就是一个跑长途的货车佬。东海靠海，也倚着省道，有不少行海人，也有不少货车佬。他们大都有点家底，有辆货车，帮码头拉海鲜，给糖厂拉黄糖，长途短途皆可，于是也跟行船人一样，不能天天沾家，一趟货跑下来，三五天，个把月，都有可能。

也就是说，曹勇不知道姓严的家伙什么时候能回来。他要等着他。至于为什么，他也说不清楚，不等他，他又能干什么呢？他一个已经死了的人。关于自己是不是"死"了，曹勇还真的去派出所询问过。他假装成外地人，来东海寻一个叫曹勇的人，让派出所帮忙查查，结果派出所的人告诉他：你要找的人五年前就已经去世了，户口都注销了。也就是说，至少在法律层面上，曹勇确实已经死了，他所有的证件也都在海难中丢失。他就像个幽灵一样，时隔五年重返东海，游荡在自家周围，寻求一扇门可以进入。

这么干等下去也不是办法。曹勇得吃饭。他要找个事情做，一份不需要身份证的工作，最好是临时工，又能少见人的。最终，曹勇找了一份夜工，帮马街边上一家海鲜店泊车，工作再简单不过，引导顾客把车停好便可。刚开始，曹勇还怕遇到熟人，故意把领子竖起来，还戴个了鸭舌帽，压得只能看见半边脸，露出来的半边脸又都是黑乎乎的胡须。后来，曹勇也觉得没必要这样谨慎了，他发觉东海虽然外在变化不大，内里却几乎换了个样，人都成了陌生人，感觉就像一样的木桶装了不一样的水。曹勇重返东海县有段时日了，还一个熟人也没遇到。当然了，他的熟人也不多。他踏进的仿佛是一座陌生的小城，这里却有着他曾经的家，和妻儿。

曹勇把一天的事情安排得满满的——晚上打工，白天除了监视妻子，就是跟着严家鸿，上学放学，连幼儿园的老师都误以为曹勇是严家鸿的亲人，放心让他把孩子带走。他和严家鸿倒真成了熟人。他每天问严家鸿"你爸回来没有"，问多了，不用他开口，一见面，严家鸿就说："我爸还没回来。"仿佛，曹勇这下半生唯一的希望便是等着那个姓严的家伙出现。他一天不回来，曹勇一天没见着，就感觉不死心。见着了又怎么办？曹勇也不知道。见着了再说。

曹勇问严家鸿——当然，在曹勇心里，儿子叫曹家鸿——"你爸爸去哪了？"

"我也不知道他去哪了。他去哪了我可管不着。"

"你不希望他回来？"

"他会回来的。"

"你没回答我的问题。"

"你希望我爸回来干吗呢？"

"我不是说过了吗，我是你爸的朋友。"

"可是我爸没有朋友。我妈说的，我妈说我爸天天在开车。开车的人没朋友，就像行海人。"

"人怎么可能没朋友呢？除非他死了。"

严家鸿吃着曹勇给他的阿尔卑斯糖，看着曹勇，傻傻发呆，似乎曹勇的话很难理解。的确很难理解。

8

半个月后，曹勇终于等回了那个姓严的家伙。这时距离曹勇重返东海城，已经差不多一个月了。严家鸿说，我爸昨晚回来了……

那个姓严的家伙叫严守业，如曹勇所猜，正是一个货车佬，已经四十好几，没结过婚，两年前入赘曹勇妻子家，一家三口，生活平平淡淡，倒也有惊无险……严守业是个老实人……这些是曹勇打听到的。曹勇后来就做一件事：跟踪严守业。曹勇不怕严守业能认出他来，他们之前就不认识，东海城虽小，能认出曹勇的似乎也已经没有了。曹勇大胆地在城里走动，他给自己改了一个陌生而俗气的名字，叫陈龙。

曹勇发现，这个严守业即使是回家了，也很少呆在家里，除了吃饭睡觉，其他时间几乎都在外面混，经常的，跟其他几个货车佬，到迎仙桥边的大排档喝酒吹水。当然，他大多时候是在听别人吹。这人在他的朋友圈里其实就是一个跑腿的角色，一个电话打过来，他就屁颠屁颠地赶去，到了迎仙桥下，其他人还没到呢，他早早占好桌位等他们，见谁来都是点头哈腰，一声声地叫哥，像个马仔。即使没人叫喝酒，严守业也不会在家里呆着，他宁愿到马街上走个来回，这看看那瞧瞧，到服装店里试试西装，再到水果店里捏捏香蕉，就是一样也不买。店主们似乎都习惯了他，见他到来，也没起身招呼的，就冷冷看着，偶尔瞥个白眼，怕的是他偷东西。曹勇每次跟着，有时真想冲上去给严守业一拳头，这家伙太不像话，宁可在街上晃，也不会陪着严家鸿，除了那次去还欠下的学费，没再干过跟"儿子"有关的事。回到家里，严守业倒开始像个男人了，说话底气十足，偶尔还会发下脾气。骂严家鸿倒是经常的，幸好还没动手打过，或者是曹勇刚好没见到打的时候。总之，这个姓严的男人让曹勇看着不爽。

没等回严守业时，曹勇不知道等着了严守业，准备干什么。如今，严守业就在曹勇眼前了，曹勇该想一想接下来干什么了。消失，让他消失，让严守业消失。而他的消失，又不关曹勇的事。事情最好就是这样。一个突然的消失，另一个适时地出现，像拼图模板一样，如果处理得恰当，彼此不说，一段小小的插曲就那样被隐藏。他曹勇完全可以大大方方回家，假装不知道任何前情，就好像妻子一直守寡等着他回来，于是五年后，失而复得的幸福生活仍然属于曹勇他们一家。这样的美好想象至少让他有好几个晚上睡不着觉。曹勇住在海鲜店的杂货间里，狭窄的空间和浓烈的鱼腥味总让他回想起那艘在海上摇晃的甲长渔船。不行，他得回到家里，睡回那张他用一大棵苦楝树打造的眠床，搂回他的女人。事情得往这想，没其他法子。

对，让严守业消失。

有什么办法能让严守业从曹勇的妻儿身边消失，这个问题伤透了曹勇的脑筋。怎么消失呢？只能跟自己一样，死了。怎么死？他年轻力壮的，还没到死的时候。不过，如果发生了意外呢，也就是说，交通意外，这对一个货车佬来说再可能不过了——那么，似乎所有问题就都迎刃而解。曹勇把这些都在脑子里过了一遍，身子便抖得厉害，即使在面对茫茫大海并往里跳，曹勇都没这么紧张过。

9

严守业在家没住多久，便又接到了拉货的活。也就是说，他又要出门了。可能这么一走，又得不少日子，曹勇想要再见他都难了，别说是其他什么打算。曹勇觉得不能再呆在东海城干等了，他得跟着严守业，严守业去哪，曹勇就去哪。那天曹勇刚跟了严守业从东宫糖厂出来，糖厂的保安找严守业要了根烟，看来是熟人。保安眯着一双风筝皮鱼的眼睛，问严守业："什么时候走？"

"明天一大早。"严守业显得不是很耐烦，"你们张总越来越小气了，这次给的钱比上次还少。"

保安吐出口烟，"老板不都这样吗。"

严守业摇头晃脑走在马街上，不时主动跟人打招呼，买菜啊？暑假了带孩子啊？最近忙吗？老王去哪啦？……

他的热情让整条街都显得生动起来。曹勇本来一路都不敢跟得太近，这时却突然想假装过去跟严守业借个火。"兄，有火吗？出门忘了带。"曹勇点了烟，突然才记起问严守业要不要来一根，严守业看着曹勇，没见过，陌生人，伸手便自己往曹勇的烟盒里捏出一根。"谢谢兄。"曹勇说。"客气个屁，都是东海人。哦，我明天又要出门了。"严守业看来对自己时常能离开东海城出趟远门而感到无比荣耀。"兄，去哪呢？""饶城，不远。我最远去过安徽寿州，听说过吧？""没有，兄见多识广。""嗨，哪里，去的地方是比较多。"

当天，曹勇便以家中有急事跟海鲜店辞了职，工钱结算清楚，晚上急匆匆奔往车站。店老板信以为真，心胸一动，竟然多塞给了他五百元。曹勇接过时有些迟疑。曹勇赶到车站，乘了最后一班车去饶城。饶城位于东海以东，潮汕地界，距东海城几百里路。以前行海，曹勇也去过饶城，当然熟的不是饶城的街市，渔船最多也只是靠靠岸，远眺过饶城稀稀落落的夜景。

赶到饶城时，天已大亮，曹勇也不打算休息了，在车上只是眯了一会，一路没怎么睡，看着窗外的黑色景物发呆。深厦高铁的列车像是一条带光的巨蛇，从头顶滑过去。曹勇竟然一点也不困，他找了个小摊档吃了份牛肉肠粉，估摸严守业开车过来也差不多到了。他要在省道进出城的位置守住，盯着一辆辆进城的货车，否则，即使饶城不大，也是找不着严守业那家伙的。曹勇特意记住了严守业的车牌，有了这车牌，估计严守业跑不出曹勇的手掌心。

差不多到了中午，曹勇才守到了严守业。严守业进城后，开得慢，曹勇便叫了一辆三轮车紧跟其后。一路跟到城郊一家蜜饯厂，严守业才停了车。卸下十几袋黄糖后，严守业又开去下一个送货点。显然，这一车黄糖，他得送不少地方。三轮车主回头问曹勇："兄弟，还跟不跟啊？"曹勇咬咬牙，也不知道下一步怎么办才好，跟吧，这一路跟下来，车费就不少；不跟吧，严守业就能像掉泥里的泥鳅，瞬间会不见了。"跟。这样吧，我今天把你租下来，咱们谈个价钱。"曹勇竖了一根手指头，三轮车主竖两根，最后他们各退一步，一根半，成交。继续跟。

10

一天下来，曹勇几乎跟着严守业把整个饶城绕了个遍。天黑了，严守业这才找了家旅馆住下来。曹勇也住进了同一家旅馆。这是一家破败而便宜的旅馆，连名字都找不着。登记时，前台侍者没要曹勇的身份证，本来找好的借口也没能用上。上楼时，曹勇发现门口的沙发边上站着两个穿短裙的女子，看装扮挺年轻的，实际已经不小了。她们一边抽烟一边说说笑笑。曹勇怀疑这地方说是旅馆其实是鸡寮。不管是什么地方，对曹勇来说都无所谓，此刻他心里想的是如何把设想付之行动——他有几个粗糙的计划，当然，这些计划也都是从那些蹩脚的影视上学来的：往严守业的房间里放毒气（问题是毒气去哪弄？武侠电影里那些竹筒一吹烟雾就出来的家伙饶城有售吗？）；在严守业的饭菜里投毒，老鼠药、蟑螂药都可以，只要能毒死人的（药倒是不难买，关键是怎么投，像过去敬烟一样把毒药倒进严守业的饭碗里？）；最后的办法还算比较靠谱，在严守业的货车上做手脚，让它半路出故障，翻车，出现车祸，交通意外，车毁人亡那种……这个计划不错，关键是手脚该怎么做，才会让一辆货车半路突然翻起跟斗来。显然，对于曹勇来说，这有点难度。但不管怎样，得尝试。于是曹勇还没来得及在床上躺一下，就又出去买作案工具了，尖刀、螺丝刀、扳手、钳子、锤子，足足一工具盒，拎在手里，像个电工。曹勇先把工具盒藏在床底下，时间还早，他得等到半夜才行动。严守业的货车就停在旅馆大院，曹勇认准了，那里就停了几辆大货车，看样子都是跑长途拉货的，和严守业一样，都是货车佬。

曹勇没能睡着。他已经一天一夜没睡过觉了，他兴奋异常，一点都没有闭眼的欲望。他时不时开门，留一道缝，睃着眼睛看斜对面房间的动静——他从前台侍者那打听到，严守业就住在斜对面的312房间。312房间一点动静也没有，看样子严守业睡着了。曹勇还是放心不下，他时不时来到窗口，看楼下旅馆的大门，和门口一条行人稀拉灯光萧条的小街，街两边倒是列队长着茂盛的木棉和凤凰木。曹勇之所以盯着旅馆大门看，主要是怕严守业半夜溜了，说不定这家伙早就察觉出一路有人紧紧跟踪了。这家伙出了东海城变了个人似的，显得很不老实。

看了半天，没发现有什么动静，倒是看见那两个穿短裙的中年女人提着两条短粗的大腿进进出出。曹勇可以确定她们是干那行的，暂时没揽到生意，她们看样子也并不沮丧，时而窃窃私语，时而派一个人穿过小街，去对面的烧烤摊烤回两个乌黑的鸡翅。大概是鸡翅没烤好，她们骂骂咧咧，街对面的摊主马上赔不是，并说可以免费送两串鸡肫肉，另外一个女人便又蹦着高跟鞋穿过了小街——她们可真欢乐！曹勇突然这么想。她们守在旅馆门口，像是两个门卫，不时也有上了点年纪的男人过来问点什么，最后都没谈拢。

不知道需要多少钱？就一晚上，第二天走人，谁也不会知道。曹勇忍不住这么一想，他已经有五年没碰过女人了。也就想想，他很快就打消了念头。今晚他可是要干一件大事的，千万不能因此而乱了阵脚。他又开始琢磨怎么能让一个大货车在路上突然来个大跟斗，就像小时候他在乡下外婆家时，把田埂两边的草拉在一起打个结，挑粪走来的大叔就能连人带粪摔得很惨——他是干过这些事的，虽然后来的几十年他老实本分，出海打鱼，回家陪妻。可是，生活让他在五年前也摔了一跤，也相当于是个大跟斗吧。这一跟斗不摔不知道，一摔竟然摔了五年，还不仅是时间的问题，他好不容易从跟斗里爬了起来，却发现一个跟斗把他的生活都摔没了，摔碎了，摔成另外一个世界里的了——如今，他同样要为别人制造一个跟斗，这个跟斗如果制造得好，他还可以把以前的东西都要回来，统统要回来。

曹勇在房间里画起了严守业那辆大货车的草图，做出各种推断和尝试，草图上标满各种只有他自己能明白的记号，仿若天书。曹勇抬起通红的双眼，看了看墙上挂歪的壁钟，上面显示，已经是凌晨一点半了。曹勇起身又到阳台，发现那两个中年女人已经不在了，她们可能找到了生意，或者没找到，回家睡觉了。旅馆大院里一个人也没有，大门关着，街上也静悄悄的，海风吹着木棉和凤凰木的叶子沙沙响，仿佛是那橘色的路灯发出来的声响……

11

曹勇钻进了货车底部。他带的工具太多了，又重又碍手，金属与金属之间的碰撞还发出了让人不安的声响。无论任何声响都在曹勇的耳朵里放大了无数倍，仿佛此刻他叹口气都会被全饶城人所知晓。

照曹勇粗糙的设想，他得在车轴上做手脚，将它损坏，或者敲断。以一个外行人的想象，唯有这样，似乎才能让货车在行驶过程中突然翻起跟斗。然而，曹勇的天真注定只能自取其辱，以现有的工具，他根本没办法把那如胳膊一般粗大的车轴损坏。他第一次意识到想象与现实之间的悬殊，就如他当下的处境。最后，他绝望地用锤子敲了几下，如一个对生活丧气的失败者，便悻悻地从车底下爬了出来。他围着货车绕了一圈，还想从其他地方下手，而它最终的无懈可击，叫曹勇一点法子也没有。

曹勇只能放弃。他十分沮丧。直到这时候，他才感觉到困。先睡一觉吧。他想。他轻声上楼，水泥楼梯早已被上下的脚步磨脱了一层皮，裸出白色的粗糙沙粒，边上的扶手像是被涂了猪油一般油腻，多少人握着它上楼下楼，不一样的人，怀着不一样的目的来到饶城，这么一个僻静的小旅馆，似乎，此刻举刀杀人，高声喊叫，也没有一个人会开门看个究竟。要不，干脆闯进312房间把严守业杀了吧！曹勇这才发现他手里还握着一把尖刀。刚才丢弃那些工具时，不知怎么，他把尖刀握在了手里，可能是因为它看起来很精致，舍不得扔掉，或者是心里对接下来该发生的事情有一种微妙的潜意识。如今，它注定还有它的另一个使命。要自己动手吗？在这个问题上，曹勇犹豫了。他确实是个胆小的人，他从来不曾想过，自己会拿上一把刀去杀人，即使是被限制人身自由的那五年里，他也从未想过。而如今，他真的要这么做了吗？

他已经走在走廊上了。出于犹豫，他的脚步异常缓慢，像是电影里的慢镜头。他很快就要靠近 312 房间了，如果在路过 312 房间的这点时间里，他还不能做出坚决的决定，那么他就得再次放弃，他远没有勇气能够回头走。到那时，他唯一能做的，便是开门进自己的房间，好好睡一觉。

"咔啦"一声，开门了。曹勇吓了一跳。声音正好来自312 房间。像是做贼遇到人一样，曹勇立马把手里的尖刀藏进衣袖。312 的房门确实被扭开了，接着出来一个女人，正是那两个守在大院门口的中年女人的其中一个。如此近的距离，曹勇终于看得很清楚，眼前这个女人化着浓艳的妆，像是戏台上的戏子。女人显然比曹勇淡定，她甚至都不觉得大半夜的曹勇怎么还在走廊上是件值得怀疑的事，她随手关上房门，并说了一句"晚安"，抬头看见曹勇，一笑，问："先生，您需要服务吗?"曹勇一愣，一时不知道该怎么回答。他低着头快步走到自己的房门，进去，关门。走廊里还传来渐行渐远的高跟鞋敲在水泥地板上的嘟嘟声。

曹勇没想到，严守业会做出这样的事情。弄不好，这些货车佬，每到一个地方都得来这一下。他们悄无声息，瞒过家人，把一切掩饰得滴水不漏。其他货车佬怎么样，曹勇不管，也管不着，严守业这样，他必须得管，因为被欺骗的是曹勇的妻子，至少是曾经的妻子。

12

第二天，严守业并没有退房。前台那个抽烟的女侍者对曹勇的询问表现出了不耐烦。曹勇知道严守业的货车上还有半车黄糖要送出去，辗转下来，还得一天。曹勇不打算继续跟着严守业，就在小旅馆等他回来。他已经另有打算。

房间里太闷，这鬼天气怎么这么热。是不是该下场暴雨，或者，台风？——曹勇对台风有一种接近刻骨铭心的敏感。以曹勇行海多年的经验，确实感觉不太正常。他想开电视看下天气预报，才发现房间里除了一个壁钟，其他什么能称得上机器的都没有。曹勇下到大厅，问前台侍者是不是收到台风了。她"嗯"了一声，对曹勇提出的话题并不感兴趣。海边生活的人对台风早就习以为常，曹勇其实也一样，他只是想确认一件事，即使这事对他当下一点意义也没有。他给了她一根烟。这根劣质的香烟却起了作用，两人因此聊了起来。"他们说这是五十年来最大的一次台风，叫'天兔'，台风的名字越来越好听了。说是晚上十二点登陆。当然，也说不准，天气预报也老骗人。"她帮曹勇把烟点上。曹勇发现她的胳膊跟他的大腿差不多，即使是12级台风，都别想挪动她一步吧。曹勇想五年前那场台风叫什么名字，可是想不起来了。前台侍者接着问曹勇到饶城做什么，看样子暂时走不了了。曹勇当然不能说自己是跟踪行凶来的，他脑子一动，竟说他跟严守业是一起的，刚开始互不认识，半路遇上，萍水相逢，严守业答应顺路捎曹勇去汕城——曹勇编的谎言倒是圆满，似乎也能说明他为什么时不时会打听下严守业的动态。前台侍者自然不会产生怀疑，她可没这个精力，肥胖让她挪下位置都难，她整天坐在前台，跟午后的苍蝇一样慵懒。而此刻，她却有兴致说一说严守业——"老严啊，你别看他老老实实的哦，好这口。"她爽朗大笑起来，竟一手握成孔状一手伸出食指，做出一个意思再明显不过的猥亵动作，"我们这里有鸡婆，你知道吧。对了，老兄，您贵姓？""免贵姓陈。""陈先生，昨晚叫了没？我们这里的鸡婆虽然看起来不怎么样，功夫倒是不错的哦，老手，有经验，关键是便宜，出门在外，讲究的就是个实惠嘛，你说是不是。老严可是我们这的常客。"听她这么一说，曹勇对眼前这个肥胖的妇女有种恍惚感，感觉这些话不是由她说出来的，她只是双簧表演中那个坐前面的人。

但她已经说了，严守业是她这里的常客。

也就是说，曹勇有责任让妻子知道这些，尽管她暂时还是严守业的妻子。

曹勇要去一趟街市，他问了前台侍者大概的路线，便独自离开了旅馆，顺着小街，来到了大街。大街比较繁华，应该是饶城的主干道了，饶城人丝毫不受"天兔"将至的影响。街道两旁，是两排长长的木棉树，它们看样子也不拿台风当回事。这是一个和东海城差不多的小城，这街自然也和马街颇有几分相似。曹勇走着走着，竟然产生错觉，仿佛自己还走在马街上，往北一拐便能进入自家的小巷子，然后直接推门回家——而此刻，严守业还远在饶城送货……好吧，曹勇恍然间，醒了过来。

好不容易找到一家旧衣店，曹勇凑巧一问："有保安制服吗？"店主竟然说有，刚好有一套旧的。曹勇花了二十块钱买下那套旧保安服。店里的电视正播放着天气预报，一个女孩用饶城方言说"天兔"：

今年第19号强台风"天兔"中心位于北纬20.1度，东经117.6度，也就是在汕城市东南偏南方约160公里的南海东北部海面上，中心附近最大风力15级（50米/秒，相当于180公里/小时），最低气压945百帕，8级大风范围半径约330公里。"天兔"是今年西太平洋活动的最强台风，更是近几十年以来登陆粤东最强的台风，也是有纪录以来登陆饶城的最强台风。预计"天兔"将于今天晚上或明天凌晨在汕城、饶城、东海一带沿海登陆。敬请饶城人民做好防御工作，出海渔船请尽快返回码头停靠避风……

曹勇在大街上走了个来回，实在不知道该干什么好了，便开始往回走，途中有几次差点迷了路，围着几条小街绕了几圈，仍找不到下榻的旅馆。正当心情焦躁时，一抬头，旅馆竟然就在眼前了，而周围的景象瞬间也由陌生突然变得熟悉起来。他隐约感到恐慌。他难以想象他会在这座大风将至的小城做下什么。

曹勇回到房间，偷偷对着衣柜的镜子试穿了一下保安制服，还算合身。多年的劳作，曹勇长了一个好身材，加上皮肤黝黑，络腮胡子，看起来还真有点骇人。人靠衣装！一身保安制服都能让一个人变了样。就这样一身打扮，大黑夜的冒充一个警察，应该没什么问题。曹勇想。他对着镜子左右远近照了又照，他觉得自己蛮好看的，年纪也不过四十出头，跟严守业比起来，他肯定略胜一筹，如果真让他们两人站在妻子面前任她选，怎么的也应该没有严守业什么事。就这样。"你好，开下门。查房。身份证看一下。你们是什么关系？有结婚证吗？不许动。卖淫嫖娼。请跟我到局里一趟……"曹勇把晚上该用上的台词都一一熟练，还得配上相应的动作，不能让严守业那老狐狸一眼就看出破绽来。

13

严守业竟然直接从外面带回来一个女的，她坐在副驾驶位置上，两人一起进了旅馆。曹勇在窗台上看得清清楚楚，他起初还看走了眼，以为严守业回东海把妻子给带来了。

显然，严守业已经把一车的黄糖送完了。他一脸轻松，带着笑意。如果不是一场大风，他完全可以连夜赶回东海城，也就没有机会在饶城多风流一夜了。好吧。曹勇总算看清楚了，严守业就是这么一个该死的男人。曹勇拉了拉身上的制服——他一穿上便没再脱下过。他把尖刀插在腰间，他站在房门里面，仿佛等着一声"开始"，便能手起刀落。当然，他得等他把事情做到一半，就在他最狼狈最脆弱最慌乱的时候要了他的命。

半个小时。对，就给他半个小时。曹勇盯着墙上挂歪了的壁钟看，嘀嗒嘀嗒，壁钟从没有这么响过，像极了高跟鞋敲在走廊上的声响。曹勇轻轻把房门开出一道缝，他一手抓着门把，一边把耳朵贴在门上，听着走廊对面的动静。他显得过于谨慎，他一点经验也没有，不管是冒充警察，还是杀人——他要杀人吗？他用手摸了摸腰间的尖刀。它还在，的确在。他难以想象，等一会，这把尖刀就会刺进严守业的身体，他不知道刺进去之后，是拔出来好，还是不拔出来好。他怕见到大堆的血，尤其是像活泉眼的水一样往外冒的血——是不是这样？他也不知道，没见到过。那就把刀留在他的身体上吧。这点曹勇也是考虑到了的，所以他买了一副白色手套，没在刀柄上留下指纹。事实上，就是留下指纹又怎样呢？他是一个连派出所都确认已经死去了的人了。

　　他听见 312 的门开了。一阵脚步声，接着门"咔"一声关了。曹勇能想象，此刻 312 房间正发生着什么，可他一点感觉也没有，仿佛是个阳痿患者。他太紧张了。他的手心满是汗水。时间一分分过去，他知道差不多了，口中念着一二三，便开了门，来到了 312 门口。他左右一看，走廊里一个人也没有，甚至连灯都熄了，似乎就是为了配合曹勇的行动。走廊里有光，曹勇一时半会不知道那光来自哪里，他也懒得探究。他左右看是想知道楼梯口和走廊尽头有没有摄像头，这个担心显然是多余的，一个鸡寮旅馆装摄像头不是给警方留把柄吗？曹勇却由此知道了光的来源，走廊尽头的玻璃窗口刚好面对饶城码头，此刻的饶城码头灯光明亮，渔船似乎都约好同一时间靠了岸，探照灯四处晃动。如此情景，曹勇再熟悉不过，他第一次知道旅馆的走廊还能远眺饶城码头。他曾在海上看过饶城码头。他突然想起多少年前，他在船上看到过群船靠岸、旗帜飘扬的壮观场景，那是个休渔期，或者台风将至……总之，他想起了那一天。是的，曹勇是个行海人。台风来了。曹勇知道这对一个行海人意味着什么。然而，台风已经不关曹勇什么事了。此刻，他要杀一个人。

14

曹勇痛恨台风，如此刻他痛恨312房里的严守业。

外面有什么东西正被大风吹倒的声响。借着声响，曹勇立马提上一口气，举手敲门，其实不是敲，是砸，砰砰砰，"开门，开门。"曹勇同时大喊。

"谁啊？"是严守业的声音。

"警察。查房。"曹勇竟一点都不觉得自己是个说谎者。话音刚落，又有什么东西在大风中从楼顶掉了下去，声响巨大，如炸弹爆炸。台风真的来了，小街上的木棉树和凤凰木在风中摇动的啾啾声清晰可辨。

312房里却没了声响，一派阒寂。

曹勇又开始砸门，"开门啊，听见没有？再不开门，我们要踢进去了。"曹勇这么说时，还故意左右看了看，似乎走廊上真不止他一个"警察"，他不是一个人在战斗。好吧，此刻他是个英雄，他要做一件对他来说足够悲壮的事情。

门突然开了，露出一个女人的脸。这女人长相姣好，不像一个妓女，或者说，在曹勇的印象里，这么年轻的女子不应该是一个妓女。妓女神情紧张，看着一身保安装备的曹勇，迟疑着问："怎么这么久？"又说："出事了。"曹勇一愣，不明白妓女是什么意思，仿佛她就在等着他一样。

他点了点头，便挤进了房间，妓女随之把门关上了。现在，312房里，就他们两个人。曹勇满屋子找严守业，没找着，这家伙不会怕到躲到床底下了吧。曹勇趴下去看床底，没有，"人呢？"曹勇问。妓女一边慌乱地穿着衣服，一边说："都说出事了，他跳下去了。"曹勇这才发现房间的窗敞开着，风嗖嗖地往里面吹进来，两扇玻璃破碎的窗门砰砰地打开阖上。曹勇快速来到窗台，往下一看，一个赤身裸体的人正趴在楼下，像是一个被台风吹落下去的物件。那正是严守业。显然，他已经死了，他趴在一摊血上面。不需要曹勇动手了。曹勇伸手压住腰间的尖刀，不想让妓女看见。曹勇回头看妓女，"怎么会这样？"妓女差点已经哭出来了，她说："我也不知道他会爬窗。你怎么现在才敲门啊？坤哥他们呢？"还没等曹勇说话，妓女又说："该死的台风。赶快走吧。我以前怎么没见过你，是坤哥叫你来的？"

曹勇大致明白眼前这个妓女是干什么的了。她果然不是妓女，至少不像那两个在旅馆门口揽客的妓女。

妓女从严守业的包里搜到了钱。她手忙脚乱，又开始埋怨曹勇来晚了，要不，她就不用和严守业真干了。她觉得自己吃了亏，这次肯定要多分一点。可是曹勇一言不发。曹勇在想着自己的事，他觉得这是一个好结果，鬼使神差地，同时他又感觉失落。外面的风越来越大了，码头方向传来海浪拍打渔船和石岸的声音，仿佛整个饶城已经被风浪鼓捣了起来。

"走啊,"妓女开了房门,"还愣着干吗?等警察啊?还是真以为自己是警察?"

曹勇突然快步上前,他用身子挡住了房门,他说:"人都死了,钱得留下吧。"

话一出口,曹勇已经后悔,他阻止人家干吗呢?钱被拿走,不是更好吗?谋财害命,是他们的事,跟曹勇一点关系也没有,他顶多也就是知情不报。这不正是自己想要的结果么?

妓女看着曹勇,她似乎有点不明白曹勇的意思,她以为他被吓着了。说实话,她也害怕,干过这么多票,还从没遇到过如此严重的突发事件,都怪这该死的台风——她只想快速离开现场。眼前这个不知道从哪冒出来的人,究竟是不是坤哥的人?

"你到底是谁?"她开始警惕。

"我们……是一伙的。"他并不擅长撒谎,声音已经开始发抖。

她到处找手机,终于从小坤包里找到了。她要打电话确认,她显然已经不相信他了。

他伸手去抢她的手机,争夺间,他竟然抽出了腰间的尖刀。曹勇万万没想到,这把准备刺杀严守业的尖刀,如今却刺进了妓女的身体里。他不知道怎么会这样,他不是故意的,他忙松开手,仿佛尖刀变成蛇咬了他一口,刀子直愣愣地挂在她的身体上，很快，血便如泉水般冒了出来，瞬间就把她的蕾丝上衣染红了。

妓女如一只受惊吓的鸟，然而窗外的风声，比她的喊叫更歇斯底里。她慢慢退向屋角，顺势蹲了下去，过了一会，便没了声息。

曹勇不知道接下来该怎么办。他想一走了之，又觉得应该冷静一下。还需要做点什么？他难以想象还有勇气继续留在现场。他过去把妓女的衣服扒开，接着又把严守业送糖回收的货款故意散落一地。干好这一切，曹勇才悄然潜出312房，退回了自己的房间。

曹勇换掉一身制服，脱去手套，藏于包中。他无法入睡，只能坐在床头发呆。没过一会，走廊一阵骚乱，有一伙人踹开了312的房门，他们骂骂咧咧，把前台侍者和其他房客都吵醒了。出了人命。旅馆侍者先敲开每个房间，敲到曹勇时，曹勇假装睡眼惺忪，"怎么啦？"

"没叫鸡婆吧？赶紧走。妈的，出了人命，要报警。真他妈倒霉。"

差不多天亮时，警察才到。他们封锁了现场，初步认定是一宗卖淫嫖娼导致的相残案件，怀疑是男的先杀了女的，接着男的自杀，或者是畏罪潜逃，不慎坠楼身亡……当然了，案件得进一步侦查。

据说"天兔"一夜肆虐，初步确认已经夺去饶城十条人命，更多的警力正前往灾区参与救援。

15

两天后，曹勇才回到东海。"天兔"洗过，东海城也变得一片狼藉。不仅如此，再次回到东海时，曹勇已经成了潜逃犯。他没想到会走到这一步，想杀的人自己死了，不该杀的反而死在自己刀下。当然，曹勇还心存侥幸，伪造的现场或许能瞒过警方。

曹勇没在马街遇到严家鸿，去旧厝巷的家里一看，门也锁上了。不用打听，曹勇都知道，妻子肯定接到警方的通知，带着鸿仔赶去了饶城。曹勇猜想五年前，妻子听到同样的消息，那时她是怎么样的，如今又怎么样，一样吗？他陷入这个无答案的想象里，弄得精神恍惚。曹勇没敢在马街上走，心虚，尽管他知道暂时没有人会找到他头上。

接下来该怎么办？是不是只要等妻儿回来，曹勇便可以大摇大摆回家了。他盼望这一天已经很久了，真的即将实现时，又开始怀疑起来：这是真的吗？以至于这一个多月来的生活，都像电影的虚化镜头，慢慢呈现出梦的状态来。然而严守业确实死了。曹勇在电视上看到他的尸体被盖上白布抬上了殡仪馆的车，还看见妻子牵着儿子跪在一边撕心裂肺……妻子口口声声强调："他不是那样的男人，他不可能做出那种事。"妻子坚信严守业不会嫖娼，肯定是有人谋财害命。曹勇没敢再继续往下看，即使再天衣无缝，他都觉得有一天事情会败露。让曹勇稍稍觉得庆幸的是，严守业和妓女的死刚好发生在一场强台风期间，这期间死的人不少，至于倒塌的楼房、倾翻的渔船……损失惨重，都远比一个严守业"嫖娼"重大。紧接着的支援、救灾、重建家园……再大的案件被淹没其间，也显得小了。只有严守业的妻子不愿意放弃，她始终坚信丈夫的清白。

总之，案子断断续续在侦查，转回了东海城，当然也没有什么关键性进展。严守业的妻子时不时带着儿子到派出所哭一哭、闹一闹，人家也让她哭让她闹，没办法，案子破不了，能有什么办法？谁不想破案？旅馆的前台侍者倒是提供了一条线索，说死者好像还有一个同伴，住对面房间，然而既查不到身份信息也没有摄像头，那人住过的房间也被清洗过，线索就此便断了。警方需要严守业的妻子配合调查，比如回忆丈夫可能存在的仇人及其他可疑的现象，随时报告。

日子倒是过得飞快，很快三五个月过去了，妻子也慢慢趋于平静，去派出所的频率不是很高，偶尔去一次，只为了解一下新情况。看到警员耐心的沉默，她也知道没什么进展，转身就回家了，没再哭闹。当然，每隔一段时间，她还会去。警员看着心烦，后来见她就躲。这些，曹勇都看在眼里，他一直潜伏在妻子的周围，没敢露面。关于案子的进展，他比谁都关心。起初，他是想找个机会回家，突然出现在妻子面前，跟她说，五年前那场台风没把他弄死，他命大，他活过来了，他回家了。这样的场景他在脑海里设计了很多遍，可就是没勇气实践，因为他猜不透，妻子面对他时，会是什么样的反应？她对他还有感情吗？是否还记得他？当他看着妻子一次次为了严守业去派出所哭闹时，他就变得更加不自信了，更加怀疑自己当初所设想的一切。眼前这个女人，触手可摸，可她已经是别人的女人了。具体说，是严守业的。至少，她为严守业豁出了自己。

曹勇这次真觉得，他在妻子的心目中，早已经彻底死去了。如果想复活，他得忘掉自己是曹勇，他得跟妻子重新开始，不管用什么办法，就像两年前的严守业那样，他要以一个陌生人的身份走进妻子的生活。这个想法一跳出来，又让曹勇兴奋不已。

16

严家鸿差点没想起来，"哦，你就是那个叔叔啊。"曹勇再次出现在严家鸿面前时，这个孩子还是一样痴痴傻傻。曹勇故意问："你爸爸呢?"严家鸿想了一大会，才说："是啊没错，你是我爸爸的朋友，可我爸爸已经死了，我妈说有人要抢爸爸的钱，我爸不给，那人就把我爸杀了，我妈说我爸是个男子汉……现在家里就只有他一张照片了，每天晚上我看到照片就哭，我妈妈打我，说我不应该害怕，那是我爸。"

听了严家鸿的话，曹勇心里很不是滋味，他没想到严守业在妻子的心目中是这么一个好男人的形象。这家伙都死了还披着羊皮跟曹勇抢女人。好人不被知晓坏人不被揭发。曹勇感觉憋屈。况且，他不知道家里是否也有他的遗照，即使有，估计也是藏起来的了，严守业在世时可不愿意每天被一个"死"去的男人盯着。曹勇又想，如果有一天，他回家了，第一件事，同样是把严守业的遗照扔掉，他也不愿意每天被一个死去的男人盯着。当然，他更希望妻子亲自做这事。

曹勇能想到的唯一法子就是给妻子写信。信中，他当然不再是曹勇了。他这辈子还没写过信，如今却要装模作样写起情书来，还得化名为另外的人，至于是什么人，角色的设定也颇费曹勇的脑筋，最后他只能敲定一个无名氏，一个匿名者……当然，这样是为了有一天曹勇真正走到妻子面前时，不至于解释不清。曹勇既然可以消失五年，就不怕多花一年的时间，让一切都对起来，都美好起来。为此，曹勇特意租了房子，白天做零工，晚上就回到出租屋写信。他买了一大沓信笺、一大盒油性笔。从文具店出来时，他掂了掂手中的纸笔，心里想，有一天如果把这些信纸写完了把这盒笔写没了，是不是就能回家了？想想竟高兴得像个小孩。曹勇还真找到了初恋的感觉。他把自己想象成一个暗恋她多年的男人，他躲在暗处，关注她的一举一动。这么多年了，他可能是她的同学，红星小学东海中学，甚至是马街尾幼儿园；又或者，他只是她年轻时的朋友，之一，当然不可能是深交的那种，只有群体活动时才会顺带见上一面；又或者，他们本来就不认识，他是她的邻居，是他在街上邂逅的一个女子……是的，所有这些可能性，曹勇都不点破，他要让她去猜，去回忆，去想象……当然，如此一来，她便可以慢慢走出严守业的阴影，可以重获少女时的青春心动，就像两年前，严守业的出现，同样治愈了她失去曹勇的哀伤。是这样的吧。曹勇想。曹勇觉得自己在干一件对的事情。他开始在出租屋里写下第一封信。这时已经是冬天了，离他逃离甲长渔船的时间已经过去半年。东海的冬天从没有下过雪，也没有结过冰，以他的记忆，最冷的时候也只是见过草地上薄薄的一层霜，夜里的出租屋还是很冷，像极了漂在海上的船舱。曹勇蹲在凳子上写，他咬牙切齿，差点把手里的笔头都咬断了。最后他把被子披在身上，像个贫困的作家准备写出名著那样，感觉悲壮。为了不让妻子看出曹勇的笔迹，他还得特意请人打成电子稿。那些打字员感觉奇怪，不知道曹勇是干什么的。曹勇掩人耳目，干脆说是文学作品，正准备给北京的刊物投稿呢。那些年轻仔便更是把曹勇当怪人看了。

17

　　曹勇把第一封信交给严家鸿时，他再三强调："你可别弄丢了哦，要亲手交给你妈妈，很重要的。"严家鸿傻傻地看着曹勇，看了半天，才把信装进了书包里，继续往前走。曹勇站在马街上看着儿子越走越远，最后变成模糊的人影拐进巷子。就那一瞬间，他激动得脚都软了，差点没站稳。

　　这第一封信怎么写，太重要了。信送出去后，曹勇又把原稿一遍一遍地看。送之前没看出有什么问题，这时看，问题倒很多了。首先他写了一句这样的话："据我所知，这些年你的生活遇到不少困难，你是一个命苦的女人。"他真后悔写下如此论断性的话语，好像他在同情她，好像她真是一个需要怜悯的女人，就算确实是，她也不可能在一个陌生男人面前承认。再者，他更不该写到她的第一个男人，他说他认识她的第一个男人，那个行海人长得壮实有力，话不多，做事勤……篇幅还不少，看得出赞美之情跃然纸上。当初之所以这样写，曹勇的目的其实也很简单，如今看来，恐怕会适得其反。他恨不得把信从严家鸿的手里追回来。这下他倒真希望严家鸿把书包里的信给忘了，并没有交给他妈妈。

　　第二天一大早，曹勇便守在马街等严家鸿。等了半天，才想起是礼拜天，严家鸿不用上学。接下来两天，曹勇都心不在焉，工作也常出错——他在城郊帮一个养花场干活。年关近了，东海人对别的节日不太看重，一到过年，每家每户都得往家里搬几盆橘子绿萝什么的。以前曹勇也这样，雇个三轮车往家里拉两盆橘子，做起来像是挺风光的一件事。

周三早上，曹勇等到了严家鸿。曹勇问严家鸿把信给了妈妈没有。严家鸿说给了。

"你妈看了没？"

"不知道。"

"她没让你带什么给我？"

"没有。"

"你妈说什么没有？"

"没有。"

显然，这样的结果很让曹勇失望。一句回音也没有，哪怕是她骂几句，骂他不要脸，然后嘱咐鸿仔别跟陌生人来往……什么都没有。这既让曹勇心里没底，又觉得是某种未知的信号。

曹勇继续写。如今他谨慎了不少，下笔前斟酌再三，宁愿寥寥几句，也不能无节制的错话连篇。他有时还真挺佩服自己的，真把自己当作家了。他虚构出了一个人物，接着虚构出一个青春，再虚构出一个爱情故事。他不但要虚构情节，还要虚构细节。他越写越得心应手，像是在写一段往事，情动处，竟然泪洒信笺。他以每个礼拜一封的速度让严家鸿送回去。他的信后来越写越长，到最后，三五页纸，其实只说了心里一半的话。很快，一本厚厚的信笺就写完了，变成了另外一沓写满了密密麻麻字迹的稿件。他把那些写好的信反复阅读，几乎每天睡觉前都会把它们重读一遍，几乎能倒背如流。当然，他还能继续写下去，再写掉一本信纸，写到过年，甚至写到来年过年，他都可以写。他开始发现心里的东西写不完，就像突然找到了一种倾诉的方式，他每往外倾吐一点，身心就感觉轻松了一些。遗憾的是，严家鸿依然没有带任何回信给他，连一句口信也没有。这不得不让曹勇怀疑，严家鸿是否真的把信都送给了他妈妈。曹勇还以不给严家鸿糖果做威胁，严家鸿都快哭了，说一封不落，都给了妈妈了，不信你跟我回家看看。

别看严家鸿痴痴傻傻，却不像是个撒谎的人。曹勇选择相信这个孩子的话。再说，他不相信又能如何？

18

好几天，曹勇都没见严家鸿背着那个脏兮兮的大书包出现在马街了。一想，才知道，原来学校放了寒假。严家鸿还是会按时到约好的地方和曹勇见面。有时他们也不单单是接手一封信，曹勇会带着儿子去玉照公园逛一会，像对父子那样。他们所能去的地方也只有玉照公园了，那儿闲人不多，遍地都是情侣，情侣们才不管曹勇和严家鸿到底是什么关系。然后，曹勇会在路边买零食给儿子，又不敢买多，刚好在短时间内能吃完。东海城开了第一家肯德基，曹勇也偷偷带严家鸿去吃了，花掉了他一整天的工资。曹勇唯一要严家鸿遵守的便是保守秘密，关于叔叔的一切都不能告诉妈妈。连跟儿子在一起都要偷偷摸摸，这让曹勇觉得悲哀，他急于和妻子坦白，想早日回家，一家相认。他想应该是时候了，妻子渐渐对严守业的死冷淡下来，慢慢，就会像忘掉曹勇一样把严守业忘掉。如今，说不定，她已经对曹勇虚构的人物产生了好感，如果她真的把曹勇的信都读完了。曹勇竟然有这样的自信。一个男人能让一个女人重新爱上自己一次，那该是多么幸福的事情。如果这时候曹勇突然出现在她的面前，新爱旧情加在一起，她不知得有多幸福呢。曹勇这么想时，眼前似乎已经浮现他们一家相聚的画面了。曹勇想在过年时还往家里买两盆大橘子，一左一右，就放在门口，多喜庆。

　　曹勇决定赌一把，他在信里提出一个大胆的想法：他要和她见面，如果她愿意的话。曹勇觉得可以用语言和情感的渲染，把妻子感动，也就是说，这是一封必须要她回应的信。之所以是赌一把，就是他得撂下狠话：如果她不回应，那么只能说明他自作多情，他知难而退，从此不再打扰。这样一来，要是她真的不回应，曹勇的所有努力几乎等于白费。他还是挺有自信的，有很大的把握，赌妻子会回应，否则她也不会一直允许儿子这么往家里带一个陌生男子的信件。

这封信难写，是他这几个月来写得最久的一封，起草好几稿，那些被揉成团的纸张丢得满屋都是，像极了一个作家正处于灵感枯竭的情景。几天后，曹勇终于把打印稿装好信封，站在马街等严家鸿的出现。街上已经满是过年的浓烈气氛了，路灯上都挂起了红灯笼。街两边各种摊档，卖春联卖年货卖盆景的，满满排了一马街。是啊，快过年了，曹勇却一点过年的感觉都没有。他觉得应该给严家鸿买点什么，就当是过年给儿子的礼物。他逛了附近的店铺，贵的买不起，便挑了一个便宜的猪形扑满。单独送个扑满也没什么意思，便又找店主换了十块钱的硬币，投了进去，一摇，隆隆响，估计儿子会喜欢。

19

曹勇抱着个猪形扑满在寒风中等了半个小时，还是不见严家鸿出现。

曹勇急了，沿着马街，继续往前走，走到尽头，拐下旧厝巷，慢慢靠近家门口时，才发现，门已经上了锁。门口冷清，连春联都没贴，门楣上还挂着被风雨侵蚀得破如烂物的白丧灯笼，仿佛是一家没人居住的废屋。曹勇不禁悲从心生，两眼一酸，泪水便掉了下来。

曹勇不知道他们母子去了哪，也无人可以问起。东海城正是过年时，谁会关心这么一对无依无靠的母子。曹勇开始恨自己，优柔寡断，写什么信呢？直接回家，跟她说，我就是曹勇，我就是你五年前没死掉的男人，难道她就会不让他回家吗？曹勇这时倒浑身上下充满了力量，似乎也不感觉冷了，他一身热气，额上冒着汗。他得去寻他们。东海有多大？他就不信找不着。

东海是不大，但要找人，也不是那么容易的。

曹勇先是沿着马街来回走了两趟，接着到各个街巷，从一条出来，又从一条进去。没有。他也不觉得他们会去走家串户，因为曹勇几乎没在东海城留下什么亲人，至于朋友，大多也都在那场海难中死了。妻子的性格，曹勇清楚，以往他在时，往家里带个朋友，她都可以躲在里屋半天不出来，都有点不懂世情了。就是这样一个女人，却能因为丈夫严守业的死抛头露脸大闹派出所，坚决讨要一个结果。这能不让曹勇惊讶嘛。

对了，派出所。曹勇想到了派出所。曹勇急忙拦下一辆三轮车，"去派出所。"开三轮车的人一愣，看了曹勇一眼，心想这大过年的，去什么派出所啊这么晦气。东海城人还真是这样，过年时节，千万不要跟派出所和医院扯上关系。到了东海派出所，却扑了个空。"政府大楼。"曹勇突然觉得他们不在派出所那就一定去了县政府大楼。东海城的政府大楼离城区挺远，像是一座别墅，靠着青云山，面向东海，坐落其间，风水不错，气派不凡，人称"东海白宫"。其实还没到政府大门，曹勇就已经远远看见了，大门口拉着一条横幅，上面写着：丈夫残忍被杀，政府冷漠无为。标语写得不错，一看就知道是请了能人写的。而横幅下面，就坐着曹勇的妻子和儿子，两人都穿着白色丧服，一边哭喊，一边烧纸锭。此刻，是的，曹勇看见自己的妻儿在为另一个男人申冤。他几乎快崩溃了，他不知道这一切都是怎么啦？他如今算是个什么？死人还是活人？他还是不是他们的丈夫和父亲？

曹勇没敢走近。他躲在角落里，远远观看。围观者越来越多，最后涌出不少民警，把曹勇的妻子和儿子架上了警车。围观的人开始起哄，有人还打砸起来，更多的警察出来了，防暴队也来了，才把局面控制住。围观者纷纷散去，回家，像没发生过什么。他们估计都想起了过年，大过年嘛，算了，就应该开开心心，和和谐谐。

20

曹勇是最后一个离开政府大楼的。整个事件，他都没有参与，他纯粹是个远观者，是个潜逃的杀人犯。政府门口静坐的却是他的妻子和儿子，他们不是为了他，是为了另外一个死去的男人。这让曹勇的角色变得十分尴尬。曹勇觉得不能再这样下去了。他回到出租屋后，第一件事便是把原先写好打印出来的信撕掉。他知道要怎么写这封信了。严守业一天不从她的心里退出，曹勇便一天也别想回家。作为一个男人，曹勇实在容忍不了妻子能为一个龌龊的男人丢了矜持与尊严。唯一能解开严守业神秘面纱的，也只有曹勇了。

一改往日的温情，这封信写得严肃而枯燥。曹勇以一个全知全能的旁观者的角度向妻子讲述严守业之死。曹勇给自己找到一个很是勉强的借口，他说他其实是名私家侦探，警方没能力，倒是他把案件给破了，他这么做，也是为了她。好吧，他认为这样的解释至少是说得通的。他的目的只有一个，就是让她认清严守业的真面目——他的死，咎由自取。为此，曹勇还特意把旅馆前台侍者的话复述一遍，像是多了一个证人。

至于这封信要不要送出去，曹勇倒是犹豫了。他先是和严家鸿见了面（派出所第二天就放了他们母子俩）。东海城别的孩子都穿了新衣服，就儿子没有，还是那一身脏旧的校服。

严家鸿说："叔叔，我们被警察关了起来。"听语气，他并不觉得那是多么糟糕的经历。

曹勇问："他们打你们了吗？"

严家鸿摇摇头，"他们叫我妈别闹，好好回家过年。他们说会抓到杀我爸的人的。"

曹勇叹了口气。

最后，严家鸿问："叔叔，你怎么不给我妈写信啦？"

"明天，明天给你。"

实际上，信一直带在曹勇的身上。

第二天，曹勇才把信交给了严家鸿。从信脱手的那一刻起，曹勇便坐立不安。这封信，其实就是一颗炸弹。果然，第二天，曹勇就接到了严家鸿带来的回信。曹勇双手发抖，打开一看，字迹歪歪斜斜，行文简单。一问，竟是严家鸿写的。"我妈教我写的。"信就一句话："能找个时间见面吗？"

那就见吧。一切似乎都不会像曹勇想的那么复杂。他们约好大年初二，玉照公园。为了见面，曹勇先将自己收拾一番。这半年来，他不修边幅，几乎跟个工地民工差不多。第一件事，他得先把胡子剃了。以前在家时，妻子可不会让他留胡子，说那样像个野人。好的，就这样尘埃落定。曹勇的心从未如此踏实。

一早，曹勇便到玉照公园等他们了。一直等到中午，他们母子都还没出现。曹勇连饭都不敢吃，一直站在公园的芒果树下。他越等越心焦，怀疑她是不是在考验他，或者是在耍他。可他还是得继续等下去。到了下午三四点的样子，曹勇才终于看见，在稀落的行人中，她出现了，她走了过来，脚步迟疑而缓慢。她警惕地朝四周张望，看样子还不知道她要见的人就在她的正前方。曹勇的心都快跳出来了，他举起手，招了招，她没看见，他喊了一句："阿芸，这里。"她没听见，或者听见了，只是找不到方向。

"许彩芸，我在这里，我在这里。曹家鸿呢？"曹勇大声喊。他第一次让儿子改回自己的姓，叫出口时竟是那样的别扭。

这个叫许彩芸的女人这下真看见了，她停下了脚步，死死地盯着眼前这个能喊出她的姓名的男人。

直到这时，曹勇才看清楚，她怀孕了，她微微隆起的肚子至少应该有五个月了。

——两个警察，或者三个，从许彩芸的身后闪了出来。

你不知道路往哪边拐

1

　　巧玉十五岁嫁人那年，父亲和母亲大干一架。巧玉的奶奶站在母亲一边，一起对付父亲。这算个罕见事。父亲势单力薄，终于败下阵来。接下来的几天，奶奶和母亲联合，不让父亲上饭桌。父亲饿了几天，肚皮都皱了，他还在门楼喊：我去公社告你们，你们卖人青。人青是土话，即是未成年人，指的是巧玉。母亲大笑："你去告啊，毛主席是你爸。"——都快九十年代了，巧玉的父亲还以为有公社，巧玉的母亲也以为毛主席还在。

　　母亲的话，带着强烈的嘲讽，让巧玉绝望了好多年。没有谁能够帮到她，父亲不行，其他人不行，连毛主席也拿母亲没办法。巧玉只好嫁掉。她后来才知道，母亲收到的礼金也就五百块钱。但在那年代，五百块钱也不是小数目。据说，可以盖个小瓦房，或者买回一辆大水车。巧玉不知道她换到的五百块钱给家里添置了什么，或者什么都没添。她不关心这个。

　　好长一段时间，她都很少再回娘家做客，不是因为路远，也不是因为嫁的还是一户穷苦人家，只是她怕见到父亲——奇怪，她到后来怕的倒不是母亲，她对母亲只能怀着恨，即使那些恨在岁月流逝中也被冲淡了，但一见到母亲，她还是感觉面前站着的是一个敌人，终身的敌人，言语动作便不得不表现出挑衅和不合作。只有在父亲面前，她感觉害怕。年老的父亲病过几场，都没能死过去，父亲平日精神已经蔫萎，一见到女儿巧玉，却总要流露出愧疚来。父亲每次都会当着全家的面，语气含含糊糊地说："巧玉当年被你娘卖人青，你们对不起巧玉……"父亲像傻了一般，说话根本不能在家里引起重视。父亲冷不丁地又对巧玉说："你不知道路往哪边拐。"这是俗话，也是父亲的口头禅，说得巧玉都有些厌倦了，也弄不清是什么意思。母亲倒是越到老年越生龙活虎，几乎就把父亲的话当成小孩子的呓语，他一说，她就把他推搡到小屋子里去。母亲高声说：

　　"什么路往哪边拐，往哪边拐就往哪边走，这还不简单啊。"

　　巧玉能不回娘家就不回。她跟那个家越来越陌生，甚至恨不得跟它脱离一切关系。

2

　　巧玉嫁过来时，她的男人已经三十岁，大了巧玉一倍。第一天洞房，这个剃头匠有些犹豫。他先脱了巧玉的上衣，巧玉没阻挡，脱她的裤子时，巧玉就不让了。但她的挣扎也是无力的，带着怯懦。巧玉心想，你再坚持，我也没办法，都是你的人了。但他没再坚持，倒在木床的另一边，呼呼睡着了。他有些累，白天在村里搭了一个蓬寮给人剃头，小心翼翼地，还是会把人的下巴弄出血来。他本就是一个谨小慎微的人，老实。其实也不老实，后来他朝巧玉发脾气，就让巧玉觉得这人真的不可貌相，他竟然也会发脾气。他的脾气也只是在家里发，出了门，唯唯诺诺，见到小孩都得示好。他一米五的身高看着也像个小孩，只是已经满脸皱纹了。巧玉在心里是嫌过他的丑的。但巧玉一想起洞房那夜，还是觉得跟对了人，是一个会心软的男人。

　　这个会心软的男人叫江永年。江永年在村里干了几年剃头匠，摸遍了村里所有男人的头颅（就像赤脚医生摸遍了全村人的屁股），也经常把人家的两鬓、额头和下巴给割出血来。不可否认，他的技术和狗屎一样臭。把人家弄出血来了，他就涂上口水一抹，血不流了，别人也不会计较。也遇到过难缠的，比如周作甫，人家是放电影的，到处跑，见过世面，有一次找江永年剃头，也弄出血来了。周作甫自然大惊小怪，他经常在镇里剃头，还真没听说过能把人剃出血来的。周作甫不给江永年剃头钱。不给就不给，江永年也不是非要周作甫给。谁知道周作甫不知是一时冲动，还是故意挑事，他说："永年啊，当年巧玉十五岁给你弄，你也没弄出这么多血来吧。"像句玩笑话。江永年却不那么想。

周作甫比江永年小五六岁，江永年娶巧玉时，还给周作甫死缠赖脸要去了一包白广州。如今，周作甫因为放电影，是有点架势了，在江永年面前说这样的话，江永年再不敢发脾气，那会也受不了。但事后想想，江永年还是觉得自己冲动了，有些后悔。江永年一剃头刀挥过去，把周作甫的手臂削下了一块肉。两人扭打了起来，一米五的江永年自然不是一米八的周作甫的对手。周作甫打掉了江永年两颗门牙，身体还有余力，接着就把江永年的剃头铺给铲平了。一地狼藉。事情闹得有点大，最后还是不了了之。周作甫赔了钱，赔江永年一套剃头家伙的钱；江永年也赔了钱，赔周作甫手臂上一块肉的医药费。

江永年想重新搭蓬寮，却被巧玉拦住了。巧玉看样子也是想了一夜，她说："不剃头了，换点别的做吧。"至于做什么，巧玉也没想好，但她竟很强烈地不同意江永年再搞剃头，一则剃头赚不来几个钱，糊个口，还经常惹事，把人家弄出血来；二则巧玉打小就对剃头匠没好印象，在娘家时，才七八岁，她就对那些挑着担子到处逛、边给人刮胡子还边停下来喝口酒的剃头匠说不出的讨厌。偏偏那会，母亲硬是把她往剃头匠脏兮兮的凳子上推，接着又把她的头往油腻腻的水盆里摁。洗过头，母亲说，全剃了。剃头匠就把她剃了光头。母亲那会很懒，一般的女孩子就不会让剃头匠动刀子的，按习俗得找老妇人挽面，在边角的毛发上涂上石灰，然后用细线通过十指和嘴巴配合，绞出边角的毛发——虽然疼，巧玉倒宁愿那样，至少像个女孩子。母亲懒得带巧玉去找挽脸婆，草草就把她一头乌黑的毛发剃光了。当然，主要是，那时巧玉一头茂盛的毛发也成了虱子的天堂，虱子蛋跟白蛄子一样挂满一头，看上去已经灰白，洗好头，梳子一梳，那些虱子就爬上来见人了。母亲说，虱子好美。巧玉一直记得这话。后来她跟人说，把头发梳得光溜溜的，虱子就会爬上来了……所以，当巧玉得知（她也是洞房夜才得知的）江永年是个剃头匠时，心里还是感觉有些失望，至少是美中不足吧。她也试着去接受一个曾经让她讨厌甚至怨恨的剃头匠的角色，慢慢好了些，大女儿出生后，她还一度觉得江永年有这么一门手艺，真是万幸，否则凭他在外的行走，想要养活一家子，实在不是一件容易的事情。

　　周作甫在这个节骨眼上，倒像是给了巧玉一个机会，推翻江永年之前的角色，改变他以后的人生轨迹。至少，从那以后，江永年没再为谁剃过一次头，也就没再摸过村里任何一个人的头，更没再把村人任何一个人的鬓角、额头和下巴给弄出血来。

3

巧玉足足想了一个月，才确定要在村里开一个小商店。说是商店，其实有点夸张。实际上还是一个小蓬寮，以前是剃头的，如今摊个桌面，卖点李子桃子，也卖点孩子的小玩意、针线，后来还卖上鞭炮蜡烛什么的。平时，就巧玉带着孩子在那守着。巧玉的大女儿已经五岁了，会走会跳，老想吃东西；小的一岁多点，是个男孩。巧玉一点都不给孩子们吃，她说："要是咱家不是开商店的，妈妈再没钱，怎么也要买点给你们吃，就因为自家开了商店，你们就得忍，不要养成好吃的习惯……"巧玉这么说，她的女儿扑闪着两只大眼睛，没听懂。巧玉的女儿长得像巧玉，很漂亮。江永年不由分说，给女儿取了个名字，就叫"美丽"。村里人一说起，都得笑一笑江永年，怎么就给女儿起这么俗的一个名。巧玉刚开始也反感，后来叫顺了，倒挺喜欢的。儿子出生后，为了郑重其事，江永年不敢贸然起名，专门请了算命先生给掐一把，先生说孩子五行缺金和水，就叫汉金吧。汉金这个名字，巧玉却再怎么听也没听顺耳。

开了小商店，对巧玉来说，是做人的一个挑战。所谓做人，早在出嫁（也可以说是被卖掉）之前，母亲就解释过：做人可不是做红粿时捏出一个人的样子，做人是跟左右邻里，全村上下，家婆家公，阿婶阿姆，怎么相处，怎么弄处好关系，做不到最好，也不能做坏。巧玉倒是经常记住母亲的这些话，那个心狠的女人有些话还是挺有教化的。巧玉刚嫁到湖村时，其实也不怎么会做人，甚至有些怕人，毕竟还小，像瓜果还没长成熟。等到生了女儿，巧玉在家里才开始熟络起来，甚至于，她掌上权了，全家就她说了算。她发觉自己还真有些魄力，在她面前，家公家婆，婶子姆子，自然更不用说江永年了，都逐渐软了下来。这是个可喜的信号，证明巧玉在这个家里站稳了脚跟，进一步也在这个村里站稳了脚跟。巧玉是在意这些的，也是年纪小的缘故，出嫁时一想到将要在一个陌生的家里和一个更陌生的村庄生活，她就紧张得坐立不安。有了小商店，巧玉要把做人的本事逐步扩大，大到全村，让全村的人面对她，不说敬三分，至少不会像江永年那样被看不起吧。江永年后来在村里逐步有些尊严，说到底，也是因为巧玉的缘故。

　　巧玉大大方方的性格开始成型，是在她家开了小商店之后。在此之前，村里人对巧玉的印象有些模糊，至少抛头露面的机会少，即使见了，沉默，微笑，也说话，但看不出是那种能把话说得铿锵有声、曳地多姿的，甚至有时还是冷面寡情的一个人。但人的印象也是很奇怪的，不管之前如何，总之后来的巧玉，嘴巴上的厉害，做人上的灵聪，给人的印象大过于从前，渐渐也就忘了她之前是个什么样的人，只认眼前，不记当初。

会做人，重人情，对于一个在村里开小商店的家庭来说，其实是把双刃剑：太会做人了，赊账难免多起来；不会做人，人家有意见，自然就不会来买东西，宁愿到镇里去。所以，巧玉得把握个度，恰到好处，不至于让人觉得她不好相处，更不会让人觉得她好欺负。巧玉在这方面是做得很成功的，小商店也由小到大，最后连烟酒也都卖上了。当然，这里面江永年的劳动也不可忽略。他们夫妻俩渐渐分工明确，一主内一主外，巧玉负责店面的生意，江永年负责跑镇里进货，生意好的时候，两天得跑一趟。他也不敢进太多，一是怕一时半会卖不掉，二也是没那么多钱，得等一批货收回本钱，才能拿着去进下一批，弄得镇里的批发部老板见到江永年的单车过来就烦，心想，这狗扑的又来了，每次就进那么点，还说是开商店的。确实，在外面听来，商店名头太大，给人错觉。巧玉的娘家也听到传言，说你家巧玉这下好了，在湖村开商店啦。母亲听着心里乐，想着女儿什么时候回娘家一下，带点东西带点钱什么，但就是没盼上。母亲也想到湖村走走，临近出门时又收住了脚。母亲想这些年巧玉心里头还有恨，虽没说出来，内心却还埋着。母亲转而也想，要不是那样，你有今天的生活吗？好像巧玉已经荣华富贵了一般。巧玉虽远远谈不上荣华富贵，偶尔回娘家带点物件，还是拿得出手，

她只是不愿意。父亲中风去世以后，巧玉就更没回娘家的
兴趣了，虽说她怕父亲，但父亲为她十五出嫁的事和母亲、
奶奶大战一场的事，她一直记得。如今反而让母亲享了福，
巧玉心里不甘，好人没好报，坏人反倒过得舒坦。当然，
她这么想，心里也不舒服。

4

　　周作甫的电影队越做越大，已经是几年后的事情。那
时周作甫又和江永年说上话了，还走得蛮近，至于几年前
的那次打斗，双方似乎都给忘了，没再提及。

　　周作甫经常到巧玉的商店买烟买酒，一来就坐着不走，
和江永年聊天，也和巧玉聊天。小商店的生意还不错，周
作甫有时还像个店主一样给人递东西、收钱找钱。事实证
明，巧玉当初的选择是对的，后来，村里人都不愿在村里
剃头了，他们宁愿踩个单车，搭个摩托车，却镇里剃，也
不见得好看，就是心里舒坦，镇里有女人帮忙洗头。江永
年的剃头铺要是继续开，巧玉可做不来帮人洗头的事。

　　那些年，做电影倒是挺火。周作甫的电影队就两个人，
忙不过来。周作甫便跟江永年说，让江永年晚上随着周作
甫去放电影，算打个夜工，搭银幕，铺电线，都不是难事，
一夜给五十块，雇主还提供猪肉粥，遇到大方的还有一包
白广州，最重要的是，江永年可以挑点李子桃子和孩子爱

吃的小零食，随着电影队的拖拉机，到哪就在哪摆摊做生意。这事极好，江永年听了心动，当即答应。巧玉自然也高兴，她突然有些伤感，十年前，母亲把她卖给江永年时，也就五百块钱，如今，江永年随周作甫出去一晚上，就有五十块钱赚。十年的变化有多大。这十年发生了不少事，小到个人，大到国家。湖村开始流行说起一个城市的名字：深圳。之前从来没听说过，后来深圳被人传得邪乎，似乎到了那就能捡钱，湖村的年轻人陆陆续续去了不少。这方面，巧玉兴趣不高，她觉得在村里开个小商店挺好，再说江永年也不是那种能出远门闯荡的灵敏人。

　　每天夜里，江永年便跟着周作甫的电影队到处去，一个晚上去一个村庄，有时也到比较远的外镇。跟着周作甫，江永年有见了世面的感觉，虽然他们去过最远的地方也不过在二十几里路之外，但对于江永年来说，算是出了远门，见到了新鲜事物，便免不了大惊小怪。相比之下，周作甫要淡定得多，与人交往，谈事，随机应变，处处显出胸有成竹，胆子也大，在人家的村庄也不必退一步吞半句的。一段时间下来，年长的江永年倒是对年少的周作甫敬如兄长，唯命是从。

5

　　他们最常去放电影的是扇背镇，镇上街市，临海，有码头，距湖村十余里远。扇背最初也是一个村庄，村庄大了，就成了街市，但村庄时的妈祖、宗祠等遗俗还在，因而请电影特别频繁，今晚李家祠堂请，明晚郭家祠堂请，后晚都预订好了，是陈家祠堂。一晚电影放下来，要两三百，看放几个片，一般一个片就是一百。当时电影还是稀罕事物，老式放映机，很笨重，还要去租胶片，要花钱，不像后来，换了镭射放映机，片子只要买回来就可以无数次播放，省本钱，再后来就是 DVD 了，一晚电影便宜到只要一百块，但银幕前也没人看了，放电影的人快进跳跃，没人知道，反正祠堂里看戏的祖先神明也不会找人投诉。但那会不行，那会看电影的人多，个个都是行家的样子，放胶片时偶尔跳跃，衔接不上，观众就察觉出来了，喊：

"怎么老吃片啊？"

周作甫还得解释道歉，对着话筒说片子老了，都不知放过多少次了，要是多加五十块，我就去拿新片。遇到大方的雇主，会喊："拿就拿，快去。"周作甫便立马差人去"走片"。所谓走片，江永年也是后来才搞清楚，原来周作甫跟同行说好，租的片子相互用，那放一遍，便赶快开着摩托车送到这放，如此操作，两家电影队，放两夜电影也就需要租一夜的片子，赚的钱就多。当然，这样的事得瞒着雇主，有时遇到片子"走"不过来，周作甫急中生智，叫江永年偷偷把发电机关了，假装坏掉，余下时间等片子"走"过来。

江永年的小摊就摆在放映机边上，一边做着生意，一边也坐在木箱上看电影，有时也帮周作甫换一下片子（他有点佩服自己，竟然学会了换片子，那些带子需要绕不少弯）。他本来是不怎么看电影的，主要是听不懂电影里的话，又不识字，后来跟着电影队，便逼着自己看，竟然发现不识字和听不懂也是可以把电影看出意思来的。因为跟着电影队，往往一个电影他会看上无数遍。当然，也经常能看到最新的电影。第二天，他便可以跟巧玉和孩子说说那新电影。湖村虽有周作甫的电影队，一年到头却顶多放上那两三回，巧玉和孩子们都喜欢看电影，他们过瘾的方式却只有听江永年回家讲。

　　与江永年相比，巧玉其实更愿意听周作甫讲电影，主要是他口才好，认识字，讲起电影情节完整，有气氛。早些年放电影，观众大多不识字，周作甫在电影放映之前，还要对着话筒讲解一番影片的大致内容，后来才省去那个环节，估计就是那会锻炼出了很好的讲故事的底子。周作甫没事到江永年的商店里坐，抽烟喝茶，这时候，巧玉便免不了要周作甫讲讲电影。一个电影江永年讲时不到二十分钟，轮到周作甫讲了，至少得一个钟，连江永年在一边也听入了迷，像是重新看了一遍电影，比看还精彩呢。

6

江永年那天听儿子汉金说："周叔叔抱妈妈"，他其实都没往心里去，更没往深处想。待他反应过来时，思索再三，又自己跟自己一口咬定，一定是误会，要么是巧玉不小心撞到周作甫的怀里了，要么就是汉金看走了眼，一个三岁的孩子，懂什么，一点小事情肯定加以夸大了说，更不知道说了有什么后果。

这事埋在江永年心底，好长时间，他都差点忘了。突然有一天夜里，江永年想了起来，他不但想起了汉金的话，还想起当年周作甫铲了他的剃头铺，就因为周作甫的一句话："永年啊，当年巧玉十五岁给你弄，你也没弄出这么多血来吧。"如今想来，这话包含着不少不言的意味。江永年越想越不对劲。他得回家看看。

事情是这样的——那天夜里，他们在扇背放电影。放到第二个片子时，周作甫提前走了，开着他的嘉陵摩托车，看样子，像是要去别的电影队走片。江永年本不多理电影队的事，恰巧在帮忙换片子时，江永年问了另外一个工作人员："作甫去走什么片子？"江永年也就是想知道下个片子是什么，并无打听的意思。不料那工作人员回答：今晚不用走片子，他说有事，先走开一下。不知怎么，江永年一听这话就再也平静不下来。他固执地认为，周作甫一定是回湖村了，又一定是去自己家找巧玉了。

有孩子来买东西，也被江永年轰走："不卖了，回家了。""电影还没完呢。"孩子嚷着。他们跟江永年都熟，一有电影队来，就一定能见着江永年和他的小摊位。江永年匆忙收拾，挑着担就离开了扇背。扇背到湖村，开摩托车都要十分钟，走路得半个钟，何况还挑着担。江永年知道来不及，他在大路上拦下一辆摩托车，也不问价钱，迈上去就喊走。他难得有这样果断的时候。一路上，他脑海里都浮现着那些难堪的画面。他想周作甫赤身裸体的样子，压着同样赤身裸体的巧玉——奇怪的是，他能想象周作甫赤身裸体的样子，却怎么也想象不了巧玉赤身裸体的样子。直到这时，他才知道，他连巧玉的身体都没看仔细过。这么些年来，他一直视巧玉的身体如易碎的瓷器，总是不敢粗糙行事，他小心翼翼，几乎没往她身上使一份多出来的力气。他一直把巧玉停留在十五岁那年，那个瑟瑟发抖的身体，使他念想一下都感觉是个罪恶。他们很少行房事，不是江永年不想，而是他不敢。每次行房事，巧玉更是不允许屋里有任何一件可以发光的物体存在。

江永年难以接受的是，一个东西，自己百般呵护不敢有半点粗鲁，到头来却被别人随意踩踏。更难以接受的是，她甚至还是情愿的。早知今日，江永年就应该跟周作甫老死不相往来。这么一想，江永年倒怀疑一切似乎都是周作甫预先策划好的。他早就对巧玉有觊觎之心，早在江永年新婚之夜，周作甫假装讨喜烟之时，就已经开始。

已经开始的事情让江永年感觉到绝望。他不是那种可以力挽狂澜的人。摩托车临近湖村时，江永年突然叫住师傅，往回走，重返扇背。电影还没结束。再说事情也不一定是想象的那样。江永年希望自己回到扇背时，能看见周作甫坐在电影机的木箱上，冲着江永年问："你干吗去啦？"但是没有，等江永年重新把摊位摆好，做过好几拨小孩的生意，再看了大半个片子，周作甫才慢悠悠地回来。他的摩托车突突突，熄了火，如一个人疲惫的喘息——至少在江永年听来是这样子。

7

一个人心里藏着秘密是痛苦的。

江永年对巧玉越来越好，照往常应该发脾气的事他也不发了，这反而让巧玉有些不习惯，笑着问过江永年："你是不是做了对不起我的事？"

那些年，扇背镇正在蓬勃发展，休闲业便是其中之一。满街的福建发廊，那些丰满的福建妹穿着白裙子给人洗头洗脸。当然了，花足够多的钱，她们也会提供特殊服务。江永年倒是和周作甫去洗过几次头，那也是为了理发才洗的，单独去洗头，对于江永年来说，也过于奢侈了。

不过话让巧玉先说了，江永年只能一笑置之。他感觉自己成了一个傻瓜。他害怕睡觉时说梦话，说出心事，所以每天晚上，他都得确定巧玉已经睡着了，才敢放心睡觉。好在，每次和周作甫放完电影回来，都是凌晨，巧玉和孩子们早就熟睡了。

江永年曾强迫性地试图从汉金的嘴里再听到点什么，儿子却缄口不言了，似乎得到过警告——这自然也是江永年猜测的。江永年一面希望事情不是他所想象的那样，一面又坚信自己的想象，似乎那样，自己的隐忍才显得悲壮，心理也得到安慰一般，至少在他看来，在这个家里，他是受害者，有错在先的是巧玉。他之所以还隐瞒着，为的是两个孩子。当然，这样想时，事情就更悲壮了。实际上，江永年之所以隐忍，是怕事情一捅破，巧玉就会趁此机会和他摊牌，离他而去。毕竟，他得到巧玉也并非那么光明正大。

日子一天天过，没什么反常的情况。周作甫还是会在有些晚上中途消失，也不知道去了哪。周作甫一消失，江永年的心就揪成一团皱纸，电影看不下去，做生意也漫不经心，孩子们趁这会，随手能抓走一手酸脆的李子。一直要等到周作甫出现，江永年才算把心放了下来。这样子，好像江永年担心起了周作甫外出时的安危。江永年自觉是个折磨，干脆什么都不管，周作甫在不在，江永年懒得理，不知道，那样心里反而好受些。江永年经受着这些痛苦的折磨时，他想到巧玉一点都不知情，心情又落到低点，感觉人生的无趣。

一反常态地，那段时间江永年变得十分关心丈母娘，甚至连大舅一家都备感亲切，三天两头带着汉金或者美丽往巧玉的娘家做客，去了还不是空手，水果一袋一袋，饮料也一箱一箱的，完全不像平时小气的他。巧玉看着奇怪，但也不好说什么，人家女婿行孝，哪有女儿反而站出来阻挠的。照巧玉的意思，她还真不愿意让母亲来享这个福，她觉得即使江永年日后大富大贵（这几乎是不可能的），她也不会把功劳半点归于母亲当初没看错人的分上。事实上，每次江永年往丈母娘家拿东西，当着江永年的面，母亲也确实说了类似的话，说巧玉没嫁错人，江永年长得是不怎么样，人矮，老实，但会赚钱，就够啦，人这一生，还能奢求什么。这话江永年没敢回家跟巧玉说，他知道他后来的生活之所以有些起色，还不是因为有了巧玉。所以，应该说是江永年运气好，"买"到了巧玉。也是一个"买"字，让江永年始终感觉不踏实。

8

周作甫是在福建发廊里被抓的。事情发生得挺突然，有人说，街那边，派出所的人出来扫黄，踢了福建发廊的门，还抓了人，不知道都抓了谁。街这边的电影还在放着，也是因为电影放着，街那边的骚动便没能听到。

那晚电影放完，电影队还不见周作甫的影子。江永年撤了银幕，收了电线，音箱和机器都装木箱里搬上了拖拉机……这时还不见周作甫。有点不对劲。江永年在气头上，心想江永年你要是再晚点回来，非得臭骂你一顿不可。可是，没骂成，有人偷偷来说，周作甫被警察抓了。警察突查福建发廊时，周作甫没穿裤子，正和福建妹做爱呢。

当天晚上，江永年一回到家，第一件事便是把巧玉叫醒。他可从来没那么做过。他急于把周作甫怎么去福建发廊嫖娼又怎么被警察抓走的全过程告诉巧玉，仿佛当时他就在旁边看着。听语气，周作甫被抓，他江永年还挺兴奋，说完脸上保持着无意识的笑容。江永年为什么兴奋他心里明白，巧玉就不明白了。巧玉问："人家被抓了，你还笑。"又说："你不会和他一起去和福建妹睡觉吧，难怪，最近有些不一样。"江永年连忙摆手，这事他得解释清楚。其实不用江永年解释，巧玉也知道他做不来那事，做那事还得看人，像周作甫，巧玉就一点都不奇怪，即使被抓，巧玉也觉得事情在意料之中，要是江永年因为嫖娼被抓，就出乎意料了，也就更让人瞧不起似的。

周作甫嫖娼被抓，这事说起来不小，也大不到哪去。那些年，"嫖娼"一词开始流行起来，刚开始是为人所不齿，渐渐也习惯了它的存在，只要不是有妻室的男人，似乎都被允许有那样的举动，很正常。至于有妻室的，隐瞒得了的自然也没少往那些地方跑，即使暴露了，该闹该吵也只是自个家庭，外人不会在意。何况周作甫就是个单身。周作甫单身倒不是像江永年那样娶不到老婆需要媒人撮合着去买，他是不想娶。加上他平时就那性格，敢说敢做，是个神鬼不怕的能人，所以，还没在派出所过夜，就有人出面，把他放了回来。回到村里，人们也不拿这事嘲讽，相反还挺佩服，说人家在发廊摸一把女人的乳房都要蹲半个月，还得花钱，他挺能耐，能把派出所当外婆家，随进随出。

可是任凭周作甫在外面怎么大方，到了江永年家，面对巧玉，他还是得垂下头来。周作甫对巧玉有那种微妙的感觉，连他自己也弄不清楚。他老喜欢往巧玉的商店跑，有事没事，遇到江永年，他就和江永年抽烟喝茶；江永年不在，他更欢喜，直接就和巧玉"甩大炮"。甩大炮是巧玉说周作甫的，意思便是他老爱吹牛。巧玉说："你别老是甩大炮了，讲个电影给我听吧。"周作甫咧开嘴呵呵笑，问："讲白肉头？""去死吧你。"巧玉骂。白肉头是什么？就是白猪肉，但此白肉头不是真的白猪肉，是裸体片的代称。如果有雇主要周作甫放裸体片的话，通常会说："作甫啊，晚上拿块白肉头来吧。"上百人集体看"白肉头"的情况周作甫也不是没遇到过。他敢跟巧玉开这样的玩笑，是在江永年不在的情况下。巧玉也不怒，她理解周作甫，甚至也看穿了周作甫的心思。周作甫不是个笨人，有些时候还真能逗巧玉开心，这是江永年所不能及的。有些暗示，巧玉也能心领神会，但她不会依他，一是怕，二也是觉得一个大男人光会暗示可不行——巧玉对自己有这样的想法感觉惊讶，要是在以前，断然不会有。不知是有心无意，周作甫会在顺势的时候搂一搂巧玉，巧玉也没做出过多的反抗，只是有一次恰好被儿子汉金撞见了，汉金咿咿呀呀，说"周叔叔抱妈妈"。

好几个夜晚，江永年随电影队出去，门楼却响起了敲门声。先于敲门声，巧玉听到的是摩托车熄火的声音，所以也就可以断定，来敲门的是周作甫无疑。巧玉不打算去开那扇门，至少不想那么急于。以至于，后来无数个夜晚，巧玉都得等周作甫来敲了门，然后开着摩托车离开，才能安心睡觉，像是一种深感耻辱的强迫症。那天，当她听江永年说周作甫因为嫖娼被公安抓走时，她隐隐还觉得是不是她害了他。因为敲不开她的门，他才去敲福建发廊的门。

然而在周作甫面前，巧玉还是保持快人快语的样子，丝毫没给他留下多少遐想的余地。周作甫不愿意巧玉提及福建发廊的事，她可偏要提起来说，还大大咧咧问周作甫福建妹怎么样，年纪多大，长得漂亮不？要是江永年在场，等于就是两公婆揶揄周作甫一个人，拿他往死里羞辱。巧玉之所以那样，自有她的小想法。江永年则纯粹是高兴，他真高兴，福建发廊事件让他的疑虑一扫而空，周作甫多次的消失便找到了很好的解释。再则，这样的事情一出来，巧玉即使之前对周作甫有意思，这下也会死了心——至少江永年是这么想的。

"巧玉，你就别再说了，我那是被冤枉的。"周作甫说。

江永年听了哈哈大笑，说你周作甫骗人也要看谁在你身边吧。

"你倒没必要申冤，你有没有做那事，也不关我什么事。"巧玉说这话时，眼角转过，神儿忸怩，暗藏神伤，倒是让周作甫心里有了底似的。

9

派出所对福建发廊的突查说到底也只是做做样子，不出几天，街那边的几个发廊同时开门，那些穿白色紧身裙子的福建妹又开始坐在门口晒太阳嗑瓜子了。说是福建发廊，背后的老板其实都是本地人，与镇领导又有关系，给点钱喝茶，凡事自然了。这些都不是秘密。扇背作为一个正在蓬勃发展起来的乡镇，哪少得了吃喝嫖赌。一切还得照旧，一步一个脚印，缺一不可。

周作甫再有个突然失踪什么的，江永年也懒得操心。周作甫后来和那些福建发廊的老板混得很熟，吃饭喝酒，也不全是为了那些福建妹。周作甫行世活泛，非江永年所能及。有一次周作甫跟江永年说："扇背发展快，想不想到扇背谋发展？"江永年哪敢想这些，但听周作甫那么说，看样子他已经想好在扇背的发展门路了。

"你不放电影了？"江永年问。

"不放了。"周作甫说。

"哪你做什么？"江永年又问。

"先不说这些。"

周作甫有所隐瞒，这不像他的性格。不管怎么样，如果周作甫不放电影，那他江永年也等于失业了，怎么说也不是一个好事情。江永年跟巧玉说这些时，巧玉倒像是预先知道的一般。巧玉说，周作甫是什么人啊，他才不会抱着一台电影机放到死，电影队迟早会被淘汰，与其等以后被淘汰，还不如现在另谋出路……他们想事情都跟诸葛亮似的，显出江永年笨得可以。

事情说了大半年，周作甫终于把电影队解散了，机器也全部卖给了同行，贱卖，没几个钱。周作甫随之搬到了镇上住。

巧玉替周作甫感到可惜，要是三五年前，巧玉会把那套机器盘下来，她对电影机有种天生的敬畏。三五年前，周作甫不可能卖，三五年后，巧玉也不可能买了。也就是三五年的时间，巧玉感觉周围换了一个天地。一对成长的儿女倒是越看越像巧玉，这点让巧玉颇感欣慰。想想自己这一辈子也就这样子过了，心里还是有些不甘。跟了江永年这样的男人，想要出人头地，确实希望不大。之前有周作甫的电影队，赚点钱，加上小商店，生活过下去没问题。电影队一解散，江永年一下子就不知道干什么了，一夜之间成了一个无所事事的人。巧玉的妇人脾气也日渐见长，被孩子一吵闹，就把气都撒在了江永年身上。江永年没敢还口，一也感觉自己那样子不是个事，再说这么些年相处下来，江永年怕了她，怕的成分当然是复杂的。江永年有时像软糖一样捏不起又扔不掉，把巧玉气得够呛。巧玉也懒得管他，只要半月一星期能去镇里进趟货，也就谢天谢地，谁叫她嫁了这么一个男人。平日闲时，江永年则到处逛，无所事事，丢了魂似的，见到有人围一块说话，他背着手黏糊黏糊也凑上去，刚要开口，人家一见是他，就噤声，散了。村里人都拿江永年当傻子看。这些年，也只有周作甫把他当个人看待过。

窝窝囊囊、磕磕碰碰的生活过了一段，江永年趁一次进货的机会，找到了周作甫的住所。江永年想找周作甫帮忙，具体帮什么，怎么帮，江永年没想好，他就是个没主见的人，找周作甫，也是想听听他的意见。

江永年也不知道周作甫搬到扇背后做什么事，周作甫偶尔回去，也是神神秘秘的，不说近况。江永年问到周作甫的住所时，还是有些吃惊。周作甫看样子在扇背混得不错，租那么大的房子。周作甫的住所离之前他们放电影的街道不是很远，离福建发廊也不远，江永年心想周作甫应该没少往发廊跑吧。那天，江永年不想说福建发廊，他只想听听周作甫的意见。

"这年头，老实能赚到钱，那可真是笑话了。你要是肯听我的，咱们一起做大事。"周作甫说。

"做什么？"

"六合彩。"

10

六合彩？回来的路上，江永年都在琢磨周作甫所说的六合彩，到底是什么东西？那东西能那么赚钱。江永年确实没听说过六合彩。照周作甫说，其实就是赌，只是赌得比平常大，大不是本钱大，而是赔率大，一块钱可以赔四十。这么说，要是一百，就能赔四千。有那么好赔吗？江永年问过周作甫。周作甫说，得在四十九个号码中押对那一个，那得多难啊。也可以多种赌法，自然赔率也相应多样。周作甫当的是庄家，俗话"头家"。

六合彩后来在扇背镇家喻户晓，包括四下的村庄，无人不知，无人不赌，疯了一般，如瘟疫，席卷开来。那年是千禧之年，二十一世纪伊始，似乎带着某种征兆。——那天江永年带着兴奋的心情回村，见谁都得问问六合彩，见被问的人也都一脸茫然，他便虚荣起来，自觉带回了新鲜玩意，终于也有比别人先一步的时候。待江永年把进的货送回商店时，全村人已经有一半的人都知道了，有人好奇，跟在江永年屁股后面，想问个究竟。巧玉还蒙在鼓里，以为江永年又惹回了什么事。以前被人看不起，这下还追家门口打了。以巧玉在村里的声望，还不至于被人欺负到门楼口吧，正想撒开汉金的纠缠，要出门迎战，却发现来者无不拿讨好的笑容冲江永年笑。

晚上，江永年才跟巧玉说，他去找了周作甫，周作甫正在做六合彩头家，如果江永年感兴趣，以周作甫为后台，在湖村当个二头家，收的赌金可以自己负责输赢，实在没把握的也可以打给周作甫。周作甫上面还有更大的头家，他感觉吃不起的赌金，还可以往上面打……整个成了产业链。江永年说得起劲，紧张得浑身发抖。此刻，他多想得到巧玉的支持——从周作甫那出来后，他心里一直没底，心想这事得让巧玉定夺。只有巧玉说行，他才敢，说不行，他也干不了。周作甫说了，这是赌，黄赌毒，他黄都沾了，就不怕沾赌，出了事就等着坐牢。周作甫有点吓江永年的意思，说的也全是实话。

和以前周作甫让江永年去电影队帮忙不同，这次巧玉没答应。巧玉突然的谨慎，江永年有些不理解。巧玉也是有考虑的，她之所以没答应，冒险是其一，再说还不一定赚钱，以江永年的能力，赚点劳力钱可以，要靠脑子赚钱，不放心。但不出半年，所谓的二头家在村里就有了三五家，全民皆赌，见面无不谈六合彩，拿着图纸预测下期的号码，那些二头家也个个成了村里最有钱的人。江永年怪巧玉当初坏了好事，只是心里想，嘴上又不敢说。

江永年做不了头家，却瞒着巧玉成了赌徒。巧玉不让赌，也赌不起，一赌就没钱进货了。起初，江永年没敢把图纸拿回家，就跟着人猜，跟着人家押，哪个数字，哪个生肖。那时他还弄不清楚怎么个赌法，来龙去脉，凭头家说中就中，说吃就吃。后来才知道，开码的地方原来远在香港——他突然有种肃穆感。渐渐，巧玉也默认江永年把那红红绿绿的图纸拿回家，也是因为中过那么几回，随即到镇里拉回一个大电视，全新的，日产。当天，江永年满头大汗捣弄天线，希望能收到香港那边的本港台，可没能成功，一打听，才知道看香港的电视是要交钱的。江永年尝到了甜头，觉得事情可以继续搞下去，便俨然一个猜码高手，佯装高深，整天摆个桌子坐在商店前，桌上铺满图纸，有《黄大仙》《白小姐》《钟道人》等，都是香港那边复印过来的，江永年视若参透天机的证物，一字一句，研究，猜测，其认真劲，让巧玉也觉得陌生。不知是神助，还是巧合，真的经常让江永年猜中，有时是单独一个特码，四十九个里挑一个，不简单；有时猜中一个生肖，所谓生肖，包括四个号码，比如他猜中龙，特码就在属龙的那四个数字里。江永年还有这样的本事，一夜成名，瞬间传遍扇背镇，说江永年看起来傻不拉叽的，却有异禀，能报码，每报必中。巧玉想不到窝囊半辈子的江永年竟然靠六合彩扬眉吐气了一回。

慕名而来的人不少，都希望江永年能告诉他们下一期的号码。江永年受宠若惊，干脆趁机装模作样，说什么天机不可泄露，要泄露也行，得有好处。来人意会，纷纷往江永年手里塞钱。江永年也不知所措，拿人钱，不说个所以然也不是办法，说什么呢？他心里没底，他能在那些花花绿绿的图纸上看出什么来，他自己再清楚不过。于是，他也学习图纸上的方法，出一言，让你们去猜，对与否，等结果出来见机解释，总有一个解释是让人信服的。有时江永年会说一句："哎，要钱得看过年。"有时又说："去北京天安门找钱。"说完就戛然而止，不再言语。来人面面相觑，沉思苦吟，最后仿佛都找到了答案，笑着回去。那么些人当中，难免有少数押中的，比如江永年说"要钱得看过年"，刚好开的是猪，人们会解释，过年才杀猪啊，真是太准了；比如他说"去北京天安门找钱"，开的是龙，人们事后诸葛，自然也能解释为北京天安门是皇上出入的地方，不是龙是什么……如此总总，江永年越传越神。当有人质疑江永年既然那么神，自己怎么不往死里押，人们这下又得替他解释：天机本来就不可泄露，不能靠它生财的。

巧玉心里其实明白，江永年说到底使的还是骗人的把戏，如果他身上真有神，那神也是瞎了狗眼的。但那几年，江永年靠这个赚了点钱却是事实，比起那些因六合彩而倾家荡产、卖儿易女、跑路躲债、跳楼投海，甚至输疯了的，也有赢疯的——说一妇人在洗澡，闻听中了特码，没穿衣服就往外跑——还算幸运。

11

六合彩的热潮在扇背镇火了好几年，后来也一直没断过，只是赌的人渐渐清醒，越来越少。当然，派出所也出来抓人，抓归抓，还是和突查福建发廊一样，做做样子。六合彩害惨了大部分人，也让少部分人成了有钱人，其中就包括周作甫。

周作甫在扇背买了最好的房子，有了车，十多万的本田雅阁。奇怪的是，周作甫还不结婚，都四十出头了。有人说他身边从不缺女人，估计也是谣传。但一个有钱人不结婚，怎么样也得供人们茶余饭后，津津乐道。她们就喜欢说起——她们是谁，她们是团结在巧玉身边的一伙湖村妇女。她们没事就聚在巧玉的商店门口，插花，织袋，挑毛衣，奶孩子，一边就说着周作甫怎么还不找个女人结婚……周作甫没事还喜欢回湖村，开着他的车，一进村，就把喇叭按着震天响，怕是没人听见似的。周作甫每次回来都把车停在巧玉的商店门口，就是不来找江永年，找另外的人家谈话说事，他也习惯把车停在巧玉的商店门口。于是就给人错觉，周作甫走得最近的还是江永年，人们要找周作甫帮个忙什么的，还得通过江永年中间递个话，帮了忙，要还礼，给点黑芝麻红番薯，也得往巧玉的商店里拎，放着，等周作甫下次开车来，给他带回镇上去。一直是这样，所以谈论周作甫的婚事，自然也只能在巧玉的商店里谈，才算光明正大，背着人不说暗话，好像江永年巧玉一家都成了周作甫的亲人。当然了，江永年和巧玉也知道，人家周作甫那是看得起，不忘旧情，每次来都带着时令水果，给美丽、汉金零用钱也是常事。汉金就喜欢周叔叔，一来就缠着不放。汉金已经十二岁了，个头竟然高出了江永年。美丽更不用说，俨然已经是大姑娘，眼下刚读初中，她嫌公社初中太乱，还是周作甫出的面，花钱打点，把她弄到了扇背一中去读，成绩很好，据说全班第一，全校也没排过第三。是个状元才，可惜是个女的，终究是别人家的。江永年这么想，巧玉也这么想，她想自己出嫁十多年，跟娘家都断了似的，父亲母亲生她能有什么用，不就值五百块钱。这么想时，巧玉还真觉得对不住父亲，而这么多年对母亲的怨恨，也是应该忏悔的。——然而，汉金作为一个男孩，却全然没有读书天分，整天只知道玩，吃喝，捣乱，人倒是蛮灵活的。周作甫喜欢汉金，说这种人日后有出息，准能赚钱。他的意思也明显，他周作甫不也是那样的人嘛，从小到大，上树掏窝上房揭瓦的，没一天闲过。巧玉倒是想，要是嫁了像周作甫这样的男人，怎么说也算是一件对的事情。

12

起初一段时间，江永年老是在清晨刷牙时呕吐，嗷嗷嗷的，全家人听了都讨厌。爸爸刷个牙怎么跟怀孕似的。汉金这么说，特别反感。巧玉怀孕就那样，差点把肠子都吐出来了，所以生了一男一女，想着够了，也没敢多生，否则自己先没命了。巧玉自己呕吐时知道难受，好了伤疤忘了疼，对江永年老在大清早嗷嗷叫的，也很烦。倒是美丽，会给父亲倒碗热水，等着他刷了牙喝。

全家都没当回事，包括江永年自己。在乡下，谁没个小疾小病的，拖拖就好了，忍忍就过了，大不了也就叫赤脚医生背个医囊来家里，打个针，开几包药，或者，叫草药师，去野外抓几棵青草，回家熬成汤，喝了就没事了。江永年别的不懂，对草药倒是懂一些，简单的几样青草，知道哪种熬了吃胃寒，哪种有清热解毒，活血化瘀之效……也是杂七杂八听人说的。

于是，呕难受了，江永年没去找赤脚医生，倒是自我诊断，抓了一大堆听说治胃病的草药，扇背人叫臭熏籽。回家，熬了一锅又一锅，味道难闻。味道难闻不怪臭熏籽，是江永年还往汤里加了白肉头，一块熬，味道冲在一起就怪难闻的，全家还是一片怨言。就那样坚持喝了一个月，没见好，反而更严重，最后都没法吃饭了，吃什么呕什么，喝什么吐什么，跟个病人似的，只能躺床上，床边还得放一水桶，接他的呕吐物，呕到最后，没东西了，就光呕绿水。怎么办呢？眼看一个好好的人，没伤着，没摔着，突然，说废就废了。

关键时候，那些亲戚，巧玉在心里过一遍，都没一个能用得上的，倒是周作甫，值得依靠。

巧玉便让美丽打了周作甫的手机。二十分钟不到，周作甫的车就停在了商店门口。

巧玉跟周作甫说江永年的情况时，语气哽咽，都快哭了。这些年，她还真没怎么哭过，认了，认命，认亏，就没有什么可抱怨的，但如果连江永年都倒了，她会觉得这些年认的东西竟然还不放过她，还想提前把江永年从她的生活里抽掉。江永年这样的男人，说实话，巧玉不可能喜欢，但这么多年下来，巧玉也死心塌地，觉得他实在，其实就够了。巧玉想哭的原因当然还有，就是周作甫那么急切地赶到，比亲人还亲。也只有巧玉心里清楚，周作甫之所以对江永年一家关心有加，还不是就因为那份埋着的爱——巧玉其实也不敢这样想，似乎太把自己当回事。

扇背镇医院没敢下定论，情况看起来却不妙，建议往更大的医院送。病情瞒着江永年，周作甫对他的说法是胃病，去广州动个小手术就行，就跟割掉一个疮一样。江永年信以为真，他也没觉得有多大的病，甚至还拒绝去广州。"我可死不了，神在身上呢。"江永年半开玩笑，还拿当年报六合彩号码说事。"你是死不了，谁说你要死了？老天都不答应。"周作甫说。其实周作甫心里想：这下你还真的要死了，江永年，八九不离十了，你得的是胃癌晚期。周作甫鼻头一阵酸涩。

周作甫也没敢把心里的断定告诉巧玉，怕她受不了。要去广州复诊，也没让巧玉跟着，说没多大的事，他带江永年去就行了。巧玉说那就让美丽跟着去吧，大城市的医院，美丽可能能帮上忙。周作甫说好。当时是十月，美丽得返回学校请假。她第一次出远门。

13

复诊的结果，不出周作甫所料，胃癌晚期，治不治，都难以活过年。情况只有周作甫一人知道，他觉得自己瞒着也不是个事，总得让江永年的家人知道。说给谁听呢？最好的人选便是江美丽。而且，她暂时也得保密。

周作甫趁江永年上洗手间，便把美丽拉到一边，犹豫一会才说出口："你爸，查出来是癌症，晚期。"美丽还没反应过来，她看着周作甫，半天，泪水夹了出来，顺着脸颊往下掉。周作甫赶紧伸手去拭。那一瞬间，周作甫心头一堵，鼻子酸，泪水也差点翻了出来。美丽抽泣着问："我爸是不是要死了？"周作甫本想咬着牙点头说是，转而想这也太残酷了，对于一个十五岁的小女孩来说，尽管她站起来也不过矮周作甫半个头。周作甫说："不会，还能治，手术、化疗，说不定能治好，医生说了，有希望。现在，我们还得瞒着你爸你妈，别让他们担心，知道吗？"美丽点头，此刻，她将周作甫视为依靠，她竟情不自禁地趴在了他的肩膀上。

——江永年的病终于还是瞒不住。

美丽独自一人回湖村，起初她还能强装笑颜，跟巧玉说："爸没什么事，要动个小手术，周叔叔说过几天他们就回来。"当天晚上，巧玉做了一个很不吉利的梦，她竟然梦见她父亲，父亲还是那句话："你不知道路往哪边拐。"父亲在梦里面目模糊，说话的声音也虚无缥缈，似乎是父亲生前说的话，隔着层层时空以及梦境与现实之间的距离飘到了巧玉的耳边……巧玉突然惊醒，兆头不好，意识到江永年病情肯定不轻，是周作甫瞒了她，美丽也瞒了她。巧玉随即把美丽摇醒，哭着问："你爸怎么啦，跟我说实话。"美丽被吓了一跳，还坚持，终于还是坚持不住，哇的一声哭了。汉金在另外一个房间睡觉，他大喊："还让不让人睡觉啊，半夜三更这么吵。"

既然如此，周作甫也没瞒的必要，他在电话里如实跟巧玉说，积极治疗，江永年或许还能过个年，如果回去，最多两个月。巧玉在电话里哭。周作甫又说，江永年一辈子也不容易，让他过个年吧，开开心心的。快挂电话时，巧玉突然想起，跟周作甫说："我这里有两万块钱。"两万块钱是巧玉和江永年这么多来的全部积蓄，在巧玉看来肯定是大数目，她哪里能想到周作甫第一天到广州，就花掉了一万多。周作甫说："钱的事你放心，我来想办法。"巧玉真不知道说什么好了，只是一个劲地落泪。

一个月后，江永年回到湖村，几乎变了一个人，瘦得不成人样。他本来就小，这下跟只脱了毛的猴子一样。巧玉只觉得他的眼睛很大，从没有那么大过。精神还行，江永年似乎还挺坚信自己已经逃过一劫，大难不死必有后福，他对以后的生活充满激情。巧玉心里绞痛，面上也得配合江永年，对未来的生活表现出乐观。在过年前的几个月里，一家人还真从未那么多欢声笑语过，尽管一笑过后，背面都是泪水和酸楚。

那段时间，江永年想吃什么，巧玉就弄什么。也奇怪，江永年的胃口从没那么好过，只是吃得再多，人却还是瘦下去，像是一个气球正被快速地抽去空气。江永年是在过年后初九的晚上才死的，死之前，他吃掉两大碗米饭和一碗猪肉汤——巧玉以为是回光返照，一个临死的人怎么可能那么能吃。江永年死后，躺在床上，隔着蚊帐，能看见他骨瘦如柴的胸膛，唯有肚子是隆起来的，看起来像个怪物。也就是说，江永年虽是得了胃癌，临死前还是吃得饱饱的，没成为一个饿死鬼。这是巧玉感觉欣慰的。

14

　　江永年死后，有大概半年的时间，巧玉还恍若梦中。从十五岁那年开始，巧玉的生活突然出现一个完全陌生的男人，这个男人注定是她唯一的男人，是她终身的丈夫，就好像有人无端塞给她一样东西，并告诉她你已经属于这样东西了。一直到江永年去世，这期间，她逐渐熟悉了身边这个男人，熟悉他的身材，他的呼吸，他的体味，他的性器官，也熟悉他的性情和脾气。前后十多年，就在她习惯了这个男人时，想珍惜这个男人时，一场突如其来的病，他瘦成了一只猴子，最后断了气，被人抬进棺材。他突然又消失了。——他瘦小的身体只是占去棺材一半的空间，剩下的空间只能用草纸塞满，不至于让他的尸首在空阔的棺材里晃荡——他已经晃荡一生，死了不能没个着落。他注定在土里，腐烂，消失。每每想到这，巧玉还是忍不住惊诧：事情真是这样的吗？她再三跟自己确定，是的，他已经死了，这个家里再也没有他的身影和声音了。那年，巧玉开始守寡，其实也就三十来岁，还很年轻。

　　几乎所有人都以为，巧玉会和周作甫走在一起，也几乎所有人都以为，要是那样的话，巧玉可就得了大便宜了。然而，这个越来越倔强的女人偏偏没有让人们的以为得逞。巧玉关了经营多年的商店，把美丽和汉金都安排到学校住宿。巧玉一个人去了深圳。巧玉甚至都没和周作甫说一声。

巧玉一去就是三年，其间很少回家，她也怕回家。美丽和汉金一放暑假，想要去深圳走走，看看大城市。巧玉都不让，巧玉汇给他们足够花的钱。他们不知道母亲在深圳靠什么赚钱。巧玉不让孩子到深圳看她，主要也是怕孩子知道她赚的是什么钱，过的是什么生活。巧玉在深圳结交了一伙妇女，她们都做一样的活。在南山和宝安的交界处，有一片大荔枝林，她们在荔枝林搭起了蓬寮，平时就住在那里。这是一群拾荒者。说她们拾荒，也不全是，拾荒只是幌子，更多时候，她们拾的不是荒，而是别人值钱的东西。比如路过一家小餐馆，门口正架着锅煮东西呢，她们就可以端着锅跑，一路跑一路把滚烫的汤水倒掉……她们经常光顾的是工地，钢筋、铁块，甚至是劳动工具，不管什么东西，只要能拿的，偷了就走。即便被人发现了，知道逃脱不了，她们也有"绝招"——脱了裤子往下一蹲，撒尿，大路上，众目睽睽，没人敢靠近——巧玉起初做不来这么不要脸的事，也因此吃过亏，被人打过，还进了派出所，被人扇耳光，拘留，后来她也觉得这张脸值不了几个钱，这张脸放在湖村，或许还算是一张脸，放在深圳，它就狗屁都不是，没人会记得，也没人会在乎。以后，再有类似的危险，巧玉也学着同伴那样，裤子说脱就脱。她们出门前还得换上容易脱的裤子，最好是运动裤，千万不能系皮带。她们有一套独特的生活规律和行为准则，这些都让巧玉大开眼界，并迅速上手。

不管在外怎么厚颜无耻，每次回扇背，巧玉还得像个人样。她得特意买身新衣服，装扮一新了，才坐车回家。车在扇背镇下，巧玉第一件事便是到扇背一中看美丽，然后带着美丽又到二中看汉金——汉金那几年一年比一年不一样，已经是个大小伙子，高大，脾气也大，看人不拿正眼，即便见到母亲，也是眼角一扫，挺不稀罕的样子。巧玉见汉金一头的黄头发和整身装扮，就知道，坏了，儿子学坏了，怕是管不住了。

然后，他们一家三人再回到湖村，第一件事便是去给江永年上坟。江永年坟头的草一年比一年疯长，都快把坟头淹没了。巧玉叫汉金薅坟头的草，汉金站着不动，这孩子对一切都无动于衷的样子，让人感觉危险……相比之下，女儿美丽就要省心得多。美丽还提出初中毕业后不再上学，要打工赚钱，她似乎还有其他事欲言又止。巧玉没说什么，她怕一说话，彼此心软，有些事就决断不下。她想这样也好，有个帮手，可以早点把周作甫的债还了，尽管周作甫一直说钱的事不必放在心上。巧玉不想欠人太多。

15

巧玉后来一直想骂周作甫一声"混蛋"，却一直没机会，也骂不出口。

直到美丽在电话里哭着跟巧玉说她怀孕了，孩子的爸爸是周作甫。并且，美丽一直强调，她是自愿的，不要怪周叔叔，她喜欢周叔叔，他爱周叔叔，他们在一起已经两年了，一直想坦白，却没勇气，如今怀孕了，她想为周叔叔把孩子生下来，也就是说，他们要结婚……

巧玉不知道自己是怎么把女儿的话从头到尾听完的，美丽一边哭一边说。挂了电话，巧玉都忘了跟女儿说了什么。她愣了一会，突然舒了一口气。那就这样吧。巧玉想。也没什么不好的。周作甫是个好人，还是个恩人，就当是还债。想着，巧玉的泪水终于夺眶而出。

"你不知道路往哪边拐。"是的，父亲说得没错，永远都不知道，那怎么办呢？就原地站着吧，等看清路的方向，你顺着路往下走就是。路早就在你的脚步迈开之前铺好了，你休想能靠自己的脚把路走出来。

巧玉毅然上路，回扇背，参加了周作甫和江美丽的婚礼。

婚礼办得极其隆重。周作甫年近五十，迎娶刚满十八的江美丽，消息不胫而走，整个扇背镇，无人不谈。巧玉作为丈母娘的角色出现，还是让周作甫愧疚不已。周作甫不知道说什么合适，只是一个劲地说巧玉你放心我一定好好照顾美丽我死后一切留下来的东西都会是她的你放心……巧玉当然放心。巧玉说："你要对她好。"也没别的话了。周作甫说"一定一定"。说实话，一身西装打扮的周作甫，白白胖胖，真看不出是将近知天命的人，反倒跟美丽看起来是挺般配的一对。

周作甫和江美丽结婚后，周作甫叫巧玉不要再去深圳，巧玉也答应了，她主要是想把汉金拉在身边看管，这孩子越来越让人捉摸不透。周作甫的意思是要巧玉和汉金一起到家里住，一家人团聚。巧玉没同意，她觉得怪怪的，没找到一家人的感觉。周作甫也理解，便在扇背开发区买了一套新房，一百平方，就给巧玉和汉金母子住。巧玉倒是欣然接受——似乎周作甫再给她什么她也会觉得不为过。

母子俩的生活费都是周作甫提供的，包括汉金的学费，可以说，不用巧玉再干什么，生活已经无忧，再说巧玉这几年在深圳，还有些积蓄。巧玉却开心不起来，感觉寂寞，没人可以说话。以前在湖村，有一伙妇人，到深圳，也有同伙一群，说说笑笑，日子过得快。如今，家里大多时候就巧玉一人在，手头又没有一件事可以做。汉金大部分时间并不在家，深夜才回，有时甚至彻夜不回，即使在家，和巧玉也没话说，一说话就准是吵架。巧玉已经拿这个儿子没办法，干脆放任他去，一心又担忧，这么下去，他能把路走成个什么样子——这都是巧玉所不敢想象的。

一直到美丽分娩，生了个大胖小子，巧玉才住进周作甫家，照顾女儿月内。那一个月里，巧玉倒是难得的开心，她看周作甫对美丽好，对刚出生的儿子好，一个五十岁的男人了，抱着儿子又拱又亲的，最后还哭了。巧玉心里也酸酸的，曾经的这个男人，还是那么的喜欢着她呢，悄然抱过她，深夜敲过她的房门……一幕幕想来，像周作甫放了多年的电影，又恍如烟云，那么的不真切、不真实。

16

照顾好美丽的月内，巧玉执意回到开发区的房子，周作甫和美丽怎么说都留不住。

第一天，一进门，巧玉便发现整个家跟猪窝似的。一个月没打理，汉金就能把家弄得天翻地覆。巧玉一肚子气，边收拾边骂，竟然还在床底下发现几个矿泉水瓶制作的东西，看起来像烟筒，插着吸管。巧玉感觉奇怪，不知道是什么东西。凭直觉，巧玉知道一定不是什么好东西。

深夜，巧玉一直等到汉金回家，她睡不着。汉金不是一个人，他带回了两女一男，看模样都不大，十六七的样子，应该也是学生。一进门，汉金看见巧玉正坐在客厅里，汉金做了一个垂头丧气的动作："哇靠，你回来干什么？也不提前说一声。"

巧玉正在气头上："我再不回来，还不知道你能把这个家搞成什么样？"

汉金说："拜托，你别管我好不好。"

巧玉说："我不管你谁管你啊。"

汉金说："拜托，你已经好多年没管我了。"

……………

随汉金来的两女一男一看形势不对，做着鬼脸，转身走了。汉金也想跟着他们出去，却被巧玉拽了回来。巧玉把门一关，"今天你要给我说说，你在家里都干了些什么。"巧玉扔出那几个矿泉水瓶，它们在地板上噼里啪啦爬了一地。

"不懂啊？这是我们吸毒用的。我吸毒了，冰毒，怎么啦，有什么大不了的。"

说着汉金走进房间，房门嘭地摔上。

巧玉怔在原地，浑身发抖。待她清醒过来，开始猛敲汉金的房门，又哭又闹，非得要他出来说个清楚。巧玉就剩下这么一丝希望，她得像把溺水的人从水里拉出来那样，不能有半点松懈。闹了半天，汉金终于开了门。汉金一副被烦透了的架势，叫母亲没必要大惊小怪，扇背镇的年轻人，还有几个不吸毒呢？汉金这么一说，又让巧玉吓了一跳，她说："别人可以吸，就你不行。"汉金笑着问："那周作甫呢？对了，我倒给忘了，我现在应该叫他姐夫了。你的女婿，他可以吗？""怎么？周作甫也吸毒吗？""他啊，比吸毒还厉害，扇背毒枭，谁不知道他是整个扇背最大的毒贩子，你还不知道吧，你的女婿，就是个毒王，我算什么，我们吸的这么点冰毒，说严重了是吸毒，说好听点，那是在帮衬你女婿的生意……"

巧玉哑口无言，她真不敢相信汉金说的是真的，又不得不信。没错，周作甫从来就不是什么安分守己的人，他就像一只嗅觉灵敏的狼狗，哪一路子能赚钱，他准能走在那路子的前头。当年组建电影队，后来的六合彩，无不这样。再说了，周作甫一下子能把开发区的房子买下来，当时巧玉就应该怀疑了。汉金说的并非空穴来风。这些年，汉金生活在扇背，对周作甫的了解，自然比巧玉深入。

巧玉后来才知道，就在她离开扇背的三年里，扇背最大的变化不是起了多少高楼，修了多少公路，开了多少开发区，而是，扇背已经变成了一座毒城。扇背镇成了制毒窝点，一种叫冰毒的毒品，被这里的人像生产冰糖一样制造出来。源头追溯起来，也是有高人存在，那人要么是化工学科出身，怎么也算半个科学家，他知道感冒药里含有麻黄素，麻黄素正好又是制造冰毒的主要材料。他突发奇想，用感冒药制毒。大事从小做起，制毒也一样。刚开始，人们只是在身边收购感冒药，整个小镇的感冒药被洗劫一空，弄得真正需要吃药的反而买不到。逐渐，他们开始到外地收购，便滋生了与之相关的工作，专门贩卖感冒药，一卡车一卡车往扇背镇拉——周作甫最先参与的其实是贩卖感冒药。周作甫从广州深圳等地大批大批运回感冒药，转身高价卖给制毒团伙，一趟就能赚十几万。缺货时，周作甫甚至有办法联系厂家直接拉货。那会，制毒团伙光请人拆感冒药壳，一天开出五百的工钱，像汉金这样的年轻人，无心上学，就都跑去拆感冒药了，一天赚五百，谁不要？

周作甫先是在感冒药上大赚了一把，凭他的野心，还远远不够。他听说制造出一桶冰毒可以卖上百万，相比之下，他最多也只是一个小角色。周作甫参与制毒的方式便是入伙，给钱，分成，这样的方式比贩卖感冒药要赚得多。周作甫的钱越投越多，自然就成了制毒团伙最大的幕后老板。周作甫并不亲手制毒，他掌控扇背的冰毒市场，负责规划销往全国以及海外，全是他一人在幕后运筹帷幄。这已经是扇背镇公开的秘密。

警方监控周作甫多年，却苦于证据不足，再说周作甫用钱砸出来的关系，也总能在关键时刻充当他的保护伞。警方曾经截断周作甫的感冒药进货渠道，眼看整个团伙就要面临无米之炊，不料数月之后，周作甫直接从新疆购买麻黄草，还是一卡车一卡车拉回扇背，熬出麻黄素。那段时间，整个扇背镇的上空，弥漫着一股浓烈的刺鼻味道。

汉金曾视周作甫为英雄，一心想辍学，在周作甫手下做事。周作甫没答应汉金，不想让汉金沾手毒品，由此，才引起汉金对周作甫的怨恨。事实上，巧玉在深圳那几年，周作甫对汉金姐弟俩照顾有加，亲若父亲。美丽自从广州回来之后，对周作甫就存有好感，起初的好感只是对长辈的依赖，随着接触的深入，身边又缺乏亲人，美丽开始喜欢上了周作甫。

美丽第一次在周作甫家过夜时，面对一个清纯少女，周作甫把脱到一半的衣服又重新给她穿上，那情形像多年前江永年对待十五岁的巧玉。周作甫是否在那时想起了巧玉，想起了那些陈年往事……然而岁月烟云，天翻地覆，后来的周作甫也不再是电影队时的周作甫，他呼风唤雨，要什么有什么。可当他面对美丽时，俨然一切现实的光环都会褪去，岁月重新回到了电影队时的周作甫。他看着江美丽白净的脸和身体，娇小，瑟瑟发抖，多像啊，像极了当年的巧玉。周作甫泪眼蒙眬，心里唤着巧玉的名字，却把美丽扑倒在了床上。

17

巧玉没有其他办法，她只有报警，把儿子汉金送进了戒毒所。有一段时间，巧玉就跟在汉金身边，陪着他一起戒毒。汉金痛苦难耐，时不时产生幻觉，说他见到父亲了，父亲回来看他们了。母与子在这时候只有抱头痛哭。

县城戒毒所距扇背镇有五十里之远，巧玉有时坐车来回，更多时候她就租住在旁边的民房里。戒毒所人满为患，年轻人真多，都是十七八岁的样子，面露稚气，可他们都染上了毒品，甚至还有不少女孩子，青春靓丽，年轻。巧玉看着他们，想起自己十五岁的时候，已经被母亲以五百块的价钱卖给一个叫江永年的陌生男人做妻子了。如今两代之间，却是天与地的差别。表面看，社会在往前进步，实际也是在朝深渊倾斜。巧玉想着这么多的年轻人，包括她的儿子汉金，所吸的冰毒，竟都是以周作甫为首的制毒团伙做出来的，她的心就禁不住一阵绞痛。

汉金终于在巧玉的日夜厮守中妥协下来，答应戒毒，重新做人。巧玉这才放心把汉金留在戒毒所，回到扇背镇。汉金被送进戒毒所，并且还是巧玉亲自报的警，这些事，巧玉都没主动跟周作甫和美丽说起。他们还是很快就知道了。待巧玉回到扇背，周作甫把她叫一起吃一餐饭，席间周作甫几次欲言又止，不知怎么开口。反倒是巧玉先开的口，她说："我都知道了，汉金都告诉我了。"周作甫点点头，也没再说什么。全家人继续吃饭。

"凡事适可而止，"最后，巧玉才说，"你不知道路会往哪边拐。"

周作甫说："好，我听你的。"

然而，还是晚了，几天后，上百名特警围住周作甫的大宅。警方终于开始收网，他们掌握了周作甫制毒贩毒的有力证据，起因是周作甫的制毒窝点发生锅炉爆炸，炸死了好几个工人。周作甫被押上警车时，美丽抱着儿子跟了出来，母子大哭。周作甫央求身边的警察："让我哄一下儿子吧。"两边的警察抓着周作甫的胳膊并没松开的意思。带队的警官曾经和周作甫打过交道，他点了下头，他们才松了手。周作甫过去，看着大哭的孩子，说："小豆豆，乖乖。"孩子还真的就不哭了。周作甫接着看了一眼美丽，对她说："好好照顾孩子。"美丽点头，泪水簌簌抖落。

从此，周作甫再也没回来过。周作甫被判死缓，后改无期徒刑，即使能出来，也已经八九十岁了，等于这一辈子就要在监狱里度过余生了。周作甫后来写信出来，要美丽改嫁。美丽决意不嫁，这点性格像极了巧玉。

那时美丽已经搬到开发区，和母亲一起住——周作甫的大宅、豪车和资金全都被查封和充公，好在买开发区的房子用的是巧玉的名字——母女俩相依为命，就靠着巧玉每天到东宫码头晒鱼干生活。仿佛，世上的所有男人都离她们远去。

18

每天，一大清早，巧玉就必须起床，走半个小时的路，才到达码头。这个时候的码头最热闹，渔船进港，大鱼商，小贩子，都聚在码头，七嘴八舌，大声叫嚷，挑鱼，抢鱼，戥鱼。好一点的鱼会在瞬间被人抢购一空，然后进入小镇的海鲜市场；次一点的，则被小贩们拉到下面的村庄去，自然也有湖村的鱼贩——巧玉怕遇到熟人，每次都把帽子拉低一点；剩下的小鱼，杂鱼，像巴浪、蛇鲻、笛子鱼、章鱼头等则被收聚在桶子里，拉着到了沙滩上。巧玉便是负责把这些鱼开膛破肚，然后架在竹架上，晒成鱼干。

东宫码头曾经是扇背镇的命脉，多数人靠它生活，行船打鱼，市场鱼商，乡下小鱼贩，无不靠着码头过日子。还有那些打工的，搬鱼工、挑鱼工、杀鱼工，更是数不胜数。后来，因为有更便捷的赚钱方式，码头逐日冷清，除了老人妇女，几乎找不到一个年轻人愿意在这样嘈杂，充满鱼腥味的环境里干活。

汉金算是带了一个头。戒毒一年后，汉金回到扇背，他没再上学，想找份工做，又没个一技之长，巧玉便把他叫到码头帮忙。巧玉本以为汉金干不来这样的苦累活，想不到他还是坚持了下来。汉金夹杂在成群的老人和妇女中间，显得格外醒目。人们对巧玉说："你家孩子真乖。"孩子懂事，有人在一边夸，巧玉高兴。谁又知道一年前，汉金还是个瘾君子呢——巧玉想想还是挺后怕的。

一般情况下，汉金在码头搬鱼，巧玉在沙滩晒鱼，母子俩隔了一段距离，并不能相互望见。倒是巧玉经常停下手头的活，绕过一片竹架，勾着头去望儿子。她老不放心的样子，要么怕他和别人有摩擦，这孩子从小性子冲，说话像吵架，自己人听习惯了能理解，外人就不一定包涵了；要么就担心他搬鱼重，把身子给累坏了，其实巧玉也知道，男子汉，正当年，累是累不垮的，倒是闲着，可以把人闲出病来。

巧玉每望一次，汉金都知道，他个子高，像巧玉，不像江永年，站在人群里抬下头就能看出好远。他看见母亲在沙滩上，脸晒得黝黑，母亲终于老下去了。可是这天，汉金却没发现母亲出来望他。他也没多想，以为她忙。突然，一个妇人的声音喊他，真把他吓了一跳，妇人说："你是汉金吧？"汉金回头说："是，有什么事？"妇人说："你去看看你妈吧，她好像不舒服。"

汉金没有把母亲送回家，而是直接背到了人民医院。巧玉胸口痛。那块痛的地方，巧玉倒不陌生，它硬邦邦的一块，几年前在深圳捡破烂时被人一棍子戳到的，一直没什么事，偶尔会痛一下，很快就过去，这次痛得有些离奇，都站不起身了。

检查过后，巧玉坐在大厅的座位上休息，她看着儿子为她跑上跑下，一会挂号一会付钱一会拿着检查结果去找医生……医生把巧玉叫到跟前，直接就要把手放在她右边的乳房上，巧玉一缩，没让摸。医生是个男的，巧玉这辈子没让第二个男的摸过乳房。医生见状，尴尬一笑，没再坚持，看着检查结果直接说："十之八九是乳腺癌，你们还是去大医院吧。"

就在一日之间，从天堂掉到了地狱。

癌，这个狰狞的字眼，它盯上了江永年，如今还不能放过巧玉。巧玉坚持不去广州，她可不想像江永年那样，钱花了，人也没了，家破人亡。她宁愿人亡，也不能家破。汉金自始至终没说一句话，他跟姐姐交代几句，便出去了。等汉金晚上回来时，手里用塑料袋提回了五万块钱。巧玉问，钱哪来的？汉金说，同学借的。巧玉说，赶紧还回去，我不去广州。汉金没说话，进屋帮母亲收拾衣物。收拾好衣物，汉金才说："妈，明天早上的车，车票我已经买好了。"

巧玉说不出话来，泪水簌簌往下掉。

巧玉真的不想死，她舍不得死，眼下的生活才刚刚开始，她还想在这条路上走下去，哪怕它总是在不经意间突然拐弯，但也总比没路强。

在广州的医院里，巧玉无时无刻不在盼望着医生能突然跟她说："你好，恭喜你，是误诊，你根本就没病。"或者说："奇迹发生了，你的病竟然好了。"然而，在这个陌生的灯火苍白味道奇怪的场所里，即使做个 CT，都得往医生的衣兜里塞红包。巧玉恨不得马上离开，她每在医院住一天，死后就会多给儿女留下一份债。确实，几万块钱很快就花完了。巧玉接受手术、化疗，右边的乳房割掉了，一头乌黑的毛发也已经掉光了。巧玉从没有这么丑过，她简直不敢见任何人。她后悔当初没坚持，她真不应该到医院的，要是她能体体面面的，在家里，多活那么几天，死也死得算是有尊严。

其间汉金又来来回回跑了好几趟。每一次都能带来几万块钱，这让巧玉充满疑惑，哪位同学那么好，能这么借钱给汉金？汉金不说，巧玉也没法知道。她猜想，事情肯定不是他说的那么简单。有一次，巧玉趁汉金上厕所，偷看了他刚从扇背背来的包，发现包里放有两块用报纸包起来的"砖头",拆开一看,竟然是冰糖一样的东西。巧玉一下明白了,原来汉金在帮人带货,从扇背到广州,一次能赚五万。

汉金其实也没办法,他的同学替代周作甫成了扇背新毒枭。汉金那天晚上去找同学借钱,同学就说:"钱有,但不会借给你,不过你可以赚。"汉金说:"我赚。"

四公斤的冰毒,要是半路被查获,汉金就跟周作甫一样,得坐一辈子大牢。巧玉不能害了儿子,她还须化疗五次,这样下去,迟早会出事。美丽这时也打电话来,说准备把开发区的房子卖了。美丽边说边哭。巧玉说,你们千万不能卖房子,我宁愿死也不会卖房子,谁敢卖房子,我立即死给你们看,家和人,必须留一样……

挂了电话,巧玉突然感觉脑袋一片空白,仿佛有一股力量,在引领着她。巧玉走出医院,来到大街上。街上人真多,男女老少,脚步匆匆。巧玉寻了一块树下阴影,坐了下来,看着人流发呆。她想起她刚去深圳时,也喜欢看着人流发呆:哪来这么多人?他们又将去到哪里?巧玉胡思乱想。

一个拄着拐杖的乞丐走近巧玉,向她伸出手中的钵。

巧玉说:"对不起,我没钱。"

乞丐说:"你怎么坐在路边?"

巧玉说:"我长了癌,右边的乳房割掉了,只剩下一边。你没看出来吗?"

乞丐说："我没看出来，我只看到你的脸。"

巧玉说："那你也应该看到我的头发全掉光了。"

乞丐说："我没看见，我只看到你的心。"

巧玉抬头看了一眼乞丐，这是一个黑乎乎的老头。巧玉感觉像是在做梦。

巧玉说："你能带我走吗？"

乞丐说："你想走吗？"

巧玉说："想，我想走得远远的，不让人们找到。"

乞丐说："那好吧，你跟着我，我带你去一个好地方，没有人会在那找到你。"

巧玉于是起身跟着乞丐走了。他们在大街的前面拐了个弯，随即混进了熙攘的人流。巧玉紧随乞丐，看着乞丐的背影，却越看越像她的父亲。

云南，云南

费云南

"你叫什么名字?"

"云南。"

"我问的是名字。"

"是,我就叫云南,姓费。"

"哪个 fei?"

"浪费的费,不是废物的废。"

"云南好像是一个省。"

"对,没错,是一个省,在贵州和四川下面。"

…………

那天是清明节,我们做了以上简单的对话。于是便确定她是一个见多识广的女孩,因为她不但知道云南,还知道贵州和四川。最重要的是她的名字很好记,云南,我记住了,到现在也没忘。也不可能忘。她姓了一个很少见的姓——费，如果不是需要，我一般不会在她名字前面加上它。写这个小说，除了这里提一下，下文我就不打算用了。不知怎么，"云南"两个字让我产生好感，脑海里充满遐想，似乎那儿的美一定不会辜负"云南"二字。

我说你的姓一点都不好听，也不好写。

她说你的姓太俗，陈，还是个男的，陈世美，哈哈，名声都被糟蹋了。

她笑。所以那天我感觉她其实很开心。她到我们村几个月了，一直没跟任何人成为朋友，包括她的丈夫——她的丈夫叫老柴，是个沉默寡言的草药师。她家在我家后面。我早就听我母亲讲过，老柴又娶了一个老婆，也不是娶，其实是买的，多少钱呢？反正不少，母亲也不清楚。母亲说："这个挺年轻的。"母亲语气奇怪，不知道是替女孩惋惜，还是替老柴高兴。老柴确实不好看，人老，背驼，矮，高颧骨，凸嘴巴——像个越南人。老柴并不是我们村里人。

老柴来我们村，除了喜欢挖草药，就是喜欢买老婆。早在云南之前，老柴就买过一个邻村寡妇，一个脑子有问题的越南女人，如今再加一个外省女人，国内外都齐全了。每买回一个女人，老柴该怎样还怎样，进山挖药，进城卖药，一点都不怕家里的女人跑掉。他像是一个豁达的男人，挥霍着如流水般的女人。"甫母仔命真好！"背后村人无不这么说他。老柴也不是真豁达，没办法的事，他要赚钱，否则哪来的钱过日子。

有了云南，老柴似乎有些改变。这改变，照我母亲的揣测，便是云南的年轻。之前老柴买回来的女人，老的老，丑的丑，残的残，还有疯得脱了裤子就蹲在巷子里撒尿的，到了云南，年轻，好看，正常，见谁都不爱说话，内敛，是个持家的好姑娘。老柴大概想着就到此为止吧，得牢牢把云南守住。再买，就不一定能买到她这样的。就算不担心云南跑掉，老柴也得担心村里的男人趁着老柴进山挖药偷偷爬进他家的窗户。

总得想想办法。

老柴找我母亲商量，每天多煮一碗饭，让云南到我家吃午餐。老柴自然不会让我家白喂了他老婆，他每日给一斤大米，另加五块钱。这生意不亏。母亲一盘算，当即就答应了。也就是这样，云南在清明节那天便来我家吃了第一个午餐。我至今记得，她第一次坐上我家餐桌时惊慌失措的样子。她挺好看，如果不是被拐骗，打死也不愿意嫁给老柴那样的男人。

拐骗已经是一个习以为常的字眼。有那么几年的时间，我们那片村庄一下子出现了不少说普通话的外省女人。这事，说实在的，让我相当兴奋。所以，云南的到来，尤其是来我家吃午餐，让我情绪激动，至今记忆犹新。

和云南一起到村里的外省女人，还有另外两个。一个是湖南人，卖给了开拖拉机的德民；一个是四川人，卖给了杀猪匠水塔。德民和水塔离我家远，人也没和我家走动，因而对他们两家的事，我知道得不多，只知道开拖拉机的德民是个老实人，杀猪的水塔就不老实，因为生意，他和全村上下几乎都吵了个遍。也有人说，他仗着堂兄是村长，才敢那么胆大妄为。不管怎样，那两个外省女人还算嫁对了人，至少男人都比老柴年轻，老柴少说要大云南三十岁，这可不是个小数目，在当时只上小学四年级的我看来，三十年，几乎和那个叫云南的地方一样遥不可及。

我问云南："你们认识吗？"

我的意思是，她是否和另外两个外省女人认识，可能是老乡，一起出来打工；可能是一个厂里的，叫同事。现在想来，那时的我十分幼稚天真，以为所有外省人都应该是认识的，尤其是她们还遭遇同样的命运。

"不认识。"云南的回答颇为不情愿，似乎不愿意在我面前提及她们。

我却希望她们能走在一起。不知道为什么，仅仅是当时一厢情愿的想法。她们就像是流入村庄的另外一支区别于其他水源的水脉，她们理应拧到一块。我想象着她们成为好朋友，一起在巷子里进出，村人也不再害怕她们有一天会合谋跑掉——甚至于，她们已经习惯村庄，习惯村庄里的人、习俗和语言，习惯村庄所有的陋性和些许的美好——美好是存在的，即使我也说不清楚。我还希望她们结伴到我家里来，或者去别的人家，见到小孩也舍得伸出手来摸摸他们的头。总之，她们跟村里所有人都成了熟人，无话不谈，出入随便，连招呼都不用打的随便——我希望她们这样。于是，那会，她们就像邻村嫁过来的媳妇，她们会尝试说我们的方言，即使舌头还是有点卷不过来。她们也说一口好听的普通话，还都知道云南就在贵州和四川的下面，这些可都不是邻村嫁过来的女人们所能轻易知道的。

通常吃了午饭，整个下午，云南都会呆在我家。她喜欢和我母亲比画，觉得那样很好玩似的。我母亲不会说普通话，看电视都需要我坐在旁边当翻译。面对说普通话的云南时，母亲免不了不知所措。母亲在村里也算得上聪明，很快就找到了对付云南的方式，不但能把话语转化为动作，还能很快猜出对方画的意思。她们沉浸于此，自娱自乐，时不时因猜出一个意思而大声欢笑，像是我终于做出了一道复杂的应用题。

有一次，母亲把左手五指弯成圈，右手食指插在圈里抽动……做这个动作时，母亲也不避讳在旁做作业的我，她还一脸诡异，笑着看云南。如果是我们村里人，一下就能明白母亲的意思，云南却愣了一会，还看了我一眼，希望我能给她答案。我哪敢说。待云南恍然大悟时，她也笑出了泪，然后举起拳头捶打我母亲的大腿。她们看起来像是母女俩。母亲刻意重复那个动作，还时不时把食指耷拉下去，她的意思是老柴都那么老了，还行么？母亲已经笑得滚到了地上。母亲是个大大咧咧的人。云南明白了母亲的意思，便一只手做出刀的样子，朝母亲的食指砍去……意思也很明显。

老柴说他还没敢碰云南。我母亲不信。我母亲还笑话老柴是个傻瓜。

有时候，我感觉云南喜欢上了我们村庄，尤其是我家，和我那大大咧咧的母亲。说实在的，我还不太敢和云南说话，小学四年级的我，普通话说得并不是很好，有些意思不知道怎么表达。云南在我家时，我既兴奋又紧张。我得找一些堂而皇之的借口，才敢和她说上话，比如问她某个数学题怎么做，某句古诗词的下一句是什么，她几乎都能很快答出来。答后她不再看我，继续和我母亲比画，她也不是对我不耐烦，我想她还不知道怎么和小孩打交道吧。确实，在她眼里，我就是一个小孩子。——于是，我事先酝酿好的几句颇为得意的话语便只能在咽喉处吞回去，我多想她能像个姐姐一样没事也看着我，以此鼓励我说话。

云 南

我们的话题从云南开始。

我有一本借来的地理课本，初中的，是向我的同学罗一枪借的，我借了就没打算还了。那时我们读书还挺用功，一放暑假，便忙着借下一学期的课本，事先预习一番，仿佛这样便能快同学一步。当然，除了几个不想读书的，其他同学也都争着向高年级的学生借旧课本，到头来便谁也快不了谁一步。但是，暑假一到，一场火热的借旧课本活动还会在全村展开，同学们在巷子里窜动，光顾那些高年级学生的家，把他们的家门踩得脏兮兮的。当然，还得手脚快，否则到了人家家里，一问，不好意思，已经被人借走了。那个暑假我的运气就不好，借了好几家都没借到五年级的课本。我很羡慕罗一枪，他有一个读初中的哥哥，每一学期的课本就会留下来给弟弟，不但是课本，连书包、钢笔、校服——这我可不稀罕——也都留下来，归罗一枪所有。我没有哥哥，自然也就没那样的待遇。如果要我选择的话，我希望在我上面有一个姐姐，而不是哥哥，姐姐同样能给我旧课本和旧钢笔，但不可能给我旧校服。

由于没借到旧课本，我只好低声下气求罗一枪，要他和我一起预习。罗一枪得寸进尺，立马提出条件："那就在你的房间学吧，我和你一块睡。"确实，我有一个小房间，这在村里十分少见，主要原因是我家只有我一个孩子，房屋足够大，不像罗一枪，除了有个哥哥，底下还有两个妹妹。罗一枪家的房子不够住，无论冬天夏天，他们兄弟二人总要睡在水泥屋顶上，好几次半夜起来撒尿，罗一枪都差点摔下来。罗一枪说他迟早会摔死，他羡慕我有一个小房间，而且还只有我一个人可以进出，简直太幸福了。我早就应该想到罗一枪会提出这样的条件和我交换，但晚了一步，看他胜券在握的样子，就知道，我拒绝不了了。往后，罗一枪每天晚上就背着他哥哥的旧书包到我家学习，他学语文，我就得学数学，必须错开来。时不时，罗一枪还会带上另外一些旧课本，有历史有英语还有地理。我们都会饶有兴致地翻一翻，当然不是学习，就是翻着玩。当我们在地理课本上翻到一张中国地图时，我停了下来。罗一枪还想继续翻过去，我说："慢。"我借着灯火在地图上搜索，那些如虫子一样的线条和文字，我看不清楚，有些字也不认得，但我还是很快在贵州和四川的底下，找到了一块名叫云南的地方。突然就像是触电一般，对那个几条蓝色的线头缠绕而过几个灰色的圆圈点缀其间并写满小字的地方充满了向往，我甚至在那一刻想象出云南的美好模样，首先当然是蓝天白云，树木葱郁，河水叮咚，撑着长长的竹竿的木船，还有和大象一样匍匐在河里的山——不对，那不是桂林山水嘛，不是，云南肯定比桂林还美得多……孩子们赤着脚丫在长满青苔的石板街上走路，即使摔倒了，也倒在软绵绵的草地里……漂亮的姐姐，伸出白皙的手，会及时把你拉上来……姐姐的手是暖的、软的……这是当时我所能想象的最美好的景象。长大了，要去云南走一走。我跟罗一枪说。罗一枪不言语，显然他并不知道我为何单独选中那块位于贵州和四川底下的地方。

　　云南离村庄有多远呢？我们在地图上量，最后推测出踩单车的话大概要一年，走路的话大概要两年，如果开着德民的拖拉机去，大概也就一个月。太远了。罗一枪说。

我说："一枪，你把地理课本借给我吧。"

罗一枪大嘴一撇："没问题，我哥有一箱呢。"

我就没打算还了，他哥都有一箱，还差这一本吗？关键是里面有一张中国地图，地图上有一个垫在底下的叫云南的地方。我好像有预感，这个地方以后和我有关系，至于是什么关系，我也弄不明白。如果能去一趟云南——当然，那是不可能的，我连镇上都少去，一年三百六十五天有三百六十天只能呆在这个有着十五条巷子五十户人家一千多人口的小村庄里，我无法想象如果到了遥远的云南会是怎样一种景象，那里的阳光晒在皮肤上是否也像盖了一层被子？那里的空气是不是吸进去也能吐出来？那里的人，那里的女孩，是不是就像云南那样？也说普通话？也喜欢笑？我想，这些问题，我倒可以问问云南，或许她能回答。

我还记得那个下午我是怎样怀着激动的心情把地理课本摊在云南眼前的。我事先翻到了中国地图那一页，实际上也无须刻意，手一松，它自己就翻到了那一页——课本已经被我压得变了形。云南正帮我母亲剥花生，她夸我母亲剥得快，手指还不起泡，她没一会就手指发红，拿到嘴上吹了。她朝我母亲竖大拇指。母亲想比画什么，看见我，便问："又有题不会做啊？"我摇头。云南也看着我，朝我笑。我的脸一下热了起来。我大着胆子说："我给你看样东西。"我递上地理课本，指着地图上的云南问云南："你家在这里吗？"云南笑得更厉害了。她真是一个快活人，一点都不像是被拐骗过来的。

"我只是叫云南，不是云南人。"她笑着说。

"你叫云南怎么不是云南人呢？"我也不知道想表达什么意思。我的脸热得厉害。

母亲不知道我们在说什么，母亲也跟着云南笑。

"那你是哪里人？这个地图能找到你家吗？"

"我家那么小，哪里能找到，你能在上面找到你家吗？"

事实证明，我跟她无法平等对话，她可能都懒得跟我说话吧。但她并不讨厌我，这可以肯定，我能从她眼里感到亲昵，只是藏掖着，没拿出来。

"我也想去云南走一走，听说那里很美，只是听说，我也没去过。"

大概是几天后了吧，有一天，我母亲不在家，家里就我和云南，气氛十分尴尬，我想打破沉默，却不知道说什么好，这时候，云南找我说话了，似乎是为了表达歉意。这让我感觉惊讶。

"罗一枪说了，坐拖拉机去的话，要一个月。"

她笑。她笑起来比不笑好看多了，她有酒窝，牙齿也露得刚好。她嘴下有一颗小痣，一笑，那颗痣便跑到嘴角上去。我很留意观察她这一细节，后来几乎成了强迫性动作，只要她一笑，我就会盯着她的嘴巴看。

她说："你知道嘛，那还是我的梦想。"

云南跟我说起梦想。那也是我第一次面对面听人说"梦想"二字。当一个成熟的女孩跟一个只上小学四年级的男生说起梦想时，女孩不可否认有某种优越感，而男生更多的却是迷茫。一个人可以把去云南当成梦想，完全和老师说的不大一样。我很惊讶。老师问我们："长大后想干什么?"有人说长大后想成为老师，有人说想成为科学家……我想成为什么呢? 我还没想好，我想标新立异，不人云亦云，至少老师和科学家不能说，我说我要离开村庄，到处旅游。我的回答惹来同学们的笑声和老师的批评。我以为我犯了严重错误。当听到云南的梦想竟然只是去云南走一走时，我突然发现，我们拥有一样的梦想，我们何等相似。

　　"如果不是想去云南，我也不会到这里，这么说，我其实应该痛恨云南。它把我害了。"云南继续说。她似乎忘了我的存在，更像是自言自语。她的眼角开始湿润，快要哭的样子。我才发现她原来也会伤心，也有不笑的时候。她的笑更像一种伪装，装给老柴看，也装给我母亲看。

　　接下来，云南讲起她的故事。她并不在意我这唯一的听众，似乎有些话说出来只是让自己感觉舒服。我一边听一边看着门楼，害怕有人进来，或者我母亲突然回来。我不敢看她。她的泪水蓄满了两个眼眶，一直忍着，没让掉下来。我从没那么难受过，无法把眼前的她跟那个笑起来无遮无拦的女孩联系在一起。

她说她和父母吵了一架，就离家出走了。她背着包走出村口，她的母亲追了出来："你走了，就别再回来。"她说她没回头，不知道那时的母亲是否眼里噙着泪。她是哭了。她想："不回来就不回来，迟早也是要远走他乡的。"她倔强地离开了家乡，坐三轮车到县城，再从县城转长途汽车到市里，从市里坐火车，直奔南方。她身上的钱所剩无几。她其实也昏了头，不知道下一步该干什么。她想去云南旅游，像那些驴友一样，云南有昆明、大理、丽江、泸沽湖……她都想去，她刚接到驴友的邀请，因此才和家人吵架。她曾经去过婺源和井冈山，知道最美的风景总是在家乡之外。她向往自由。但她没钱了，她得先找个地方打工。她第一次单独出门，到那么远的南方，有些冲动了。说不害怕，其实是假的，但她真正踏上路途时，她的心便也随着脚步越来越平静，她发觉如果不是自己嚷嚷，走在南方的街上，谁也不会知道她初来乍到，更不会知道她和家人吵了一架就毅然出走，并且还被母亲撂下狠话。她这么想时，心便踏实了。她急于找工作，却不知道会干什么，所以，当那个满脸憨笑的妇女叫住她，并很快声称她们是老乡时，她便对她产生了信任，甚至有一种他乡遇故人的亲切感。"找工作可不容易哦，"听完云南的询求，妇女似乎还为难了一下，"不过，我倒认识一个老板，最近新开了一家工厂，可能要招人，要不你跟我走一趟……"她便毫无戒备就跟着去了。一直到那辆面包车在高速路上一点减速的意思都没有，也不知朝什么方向奔驰，她才知道，事情不好了……

说到这里，她没再说下去，她竟然破涕为笑，"这下真的回不去了。"她看我一眼，"家人要是知道我现在这样，得怎么笑我活该。"我还是不知道说什么好，但我想她的家人应该不会那么想吧。

"是你们村大，还是我们村大？"我突然冒出这个问题。

"都是监狱，一样大呗。"她开始从之前的情绪里解脱出来，朝我苦笑。我也笑。但我一点都不明白她的意思。

母 亲

别看我母亲大大咧咧，实际是个小气鬼，和村里那些上了年纪的妇女一样，爱说人家闲话，爱贪人家小便宜。母亲之所以答应老柴把云南放我家，为的也是老柴一天一斤白米和五块钱，这可是不少的酬劳——事实上，云南吃不掉一半，她还经常不吃午饭，上桌也是象征性地吃一点。母亲反倒担心，怕被老柴知道似的，一个劲劝云南多吃点，像在劝正长着身体的女儿。母亲也知道，老柴之所以愿意给米给钱，就是让我们一家看着云南，怕她趁人不备，逃了。水塔那个四川女人就跑过一回，被守园寮的人看见了，立马通知水塔。水塔提着杀猪刀追，四川女人还没跑出村子，就被拖了回来，拳打脚踢。水塔除了自己打，还叫旁人打，他出医药费。事后四川女人被水塔锁在小屋里，一步都不准离开。晚上，水塔一身肉臭回家，喝酒抽烟，又把四川女人打得大喊大叫。罗一枪跑来叫我："去水塔家看看。"我们好奇，一帮小孩都被夜里的哭声撩拨起偷窥的兴致。我们趴在水塔家的后窗户上，屋里黑魆魆，除了女人喊叫的声音，我们什么也看不见。有时，罗一枪会笨手笨脚弄出动静来，被屋里的水塔听到了，他举着杀猪刀追出来，"甫恁母，回去看你老娘的屄——"我们一哄而散。但那女人的哭声，会一连好几天都纠缠着我。

"水塔会遭报应的。"母亲不止一次说过。

母亲信奉村后的莲峰庙，每天早上都要去莲峰庙上香、吃斋，回来时，总要带一捧香灰，泡一杯水，让全家每人喝一口。我不肯喝那脏兮兮的香灰水，母亲便满屋子抓我，我跑出了巷子，她也追出巷子……云南到我家后，母亲也要她喝。这可为难她了。母亲有一次神神叨叨地握住云南的手，说她脸色发黄，脉象也乱，需要喝点香灰水。母亲做出一个喝水的动作，再指指天井的天空。云南回头看我，"你妈是不是说，我喝了，神就保佑我？"还没等我说话，云南一手接过杯子，咕噜一声便把满杯的香灰水都喝进了肚子。云南并不信神，她曾跟我说过："你妈好迷信哦。"

母亲后来越来越喜欢云南。傍晚，老柴回来，到我家领走云南。母亲无论忙着什么，都得停下来和老柴说上两句："老柴啊，人家姑娘跟着你，你可别心狠，凡事轻点，别学水塔。"老柴每次都会笑着说："看你说的，我都这把年纪了，不就找个人做伴，老了有个照应，不会乱来的。"老柴挺敬重我母亲，从他到湖村并住在我家屋后开始。老柴虽然买过不少老婆，却没有留下子女，他的担心，母亲倒是能理解，如果不是年龄上的差异，云南跟着老柴，也差不到哪去。老柴是个好人。

一天清早，母亲出门，却被门楼窝着的人影吓了一跳。定眼一看，竟然是云南，只见她满脸是泪，伸手抱着我母亲，跪下，泣不成声。云南求我母亲救她。事情发生得太突然，毫无前兆。我母亲不知如何是好，她把云南拉进屋里，怕被外人看见，更怕被老柴看见。母亲第一时间把我从被窝里拉起来，直到那时，母亲还不能完全明白云南的意思，但她已经猜出了大概。待我说了云南的意思，母亲却大半天没说话。我倒希望母亲答应云南，我也知道，这事让母亲为难，别说村里人怎么看她，单是老柴那儿，就没法交代，人家把老婆托付给你，你反倒做出这样的事来。

"不行，这事不能做。"母亲最后摆摆手，瘫坐在床上。

云南又抱住了我母亲的大腿，她的泪水哗哗往下流，她不敢哭出声音来。母亲的泪也在眼里转，她好几次要伸手去抚云南凌乱的头发，可都把手抽了回来。

母亲最终没有答应云南，母亲甚至叫来了老柴。母亲劈头就骂："老柴，你不是说你不乱来的吗？"母亲气呼呼的，弄得老柴有些莫名其妙。老柴看了云南一眼，才笑着说，昨晚喝了点酒，想做一下，她还来了脾气，不让我做，说来那个了，我以为她骗人，就硬着来了。母亲又骂："老柴，你真不是个人。"老柴被我母亲骂蒙了，杵在原地。事后我母亲笑着说自己当时有点冲动了，老婆是人家的，怎么就不允许人家睡呢？再说，和水塔比起来，老柴已经够好的了，云南也应该知足，至少老柴没动过她一根手指儿。

那事过后，母亲便不再答应老柴照看云南，原因很简单，母亲怕惹麻烦。老柴不知其中原委，因为母亲没把云南求她救命的事告诉他（母亲一直为云南保守着秘密，这点云南也心存感激）。老柴以为母亲是生他的气。老柴来我家好几次，非得要我母亲原谅，让云南继续在我家吃住。母亲怎么也没答应。母亲狠下了心，她变了个人似的，除了不让云南来我家吃饭，还不让云南到我家一步，甚至告诫我不能跟云南来往。母亲说："这女人可怜，心机也蛮重。"因此，我对母亲还有了意见，觉得她心狠得跟镰刀似的，见死不救。

云南后来一直呆在家里，她答应老柴，不会乱跑，老柴相信她，也是没办法的事。老柴特意买了电视和 VCD，怕云南在屋里闷。那时一户人家有个 VCD 是件了不得的事，老柴真够大方的。我则经常趁母亲去莲峰庙烧香便跑老柴家里看影碟，云南会放好多香港的武打片。除了看电影，她还喜欢听歌，她就听一个人的歌，田震的，而且就那一首，反复地唱，听得我都烂熟于耳：

每个夜晚来临的时候

孤独总在我左右

每个黄昏心跳的等候

是我无限的温柔

每次面对你的时候

不敢看你的双眸

在我温柔的笑容背后

有多少泪水哀愁

…………

死人事件

村里每年都要死上几个人，当然都是老人，稍年轻一点的死了，就得缴丁钱请风水先生来放罗庚盘了，看是不是风水出了问题。这样的事也发生过，俩青壮男人出山，在北面的省道被车撞死，尸骨都不全。死人，总是忌讳的。村里死了难产的妇女、未满月的婴儿、得癌症的中年人，等等，都是大事，但也不足为奇，不仅是我们村，周围的其他村也都发生过。那一年，村里的死人事件，情况就有点不一样。

死的不是我们村里人，是水塔的老婆，那个试图逃跑的四川女人。按理说，既然是水塔的老婆，就应该是村里人。然而在村人看来，或者在我看来，她就不是我们村里人，她和我们不一样。不仅是她，还有德民的老婆、老柴的老婆，都一样，都是外人，她们就像是一滴油，根本没融进我们这一大盆水里面来。

那个四川女人，直到死，我才知道她有一个很好听的名字——郭燕妮。

整个暑假都过得索然无味，天气闷热，除了到湖潭里游泳，我们找不到更好玩的事。我害怕时间过得太快，转眼又要上学了。有一天，罗一枪突然跑来报告，村里死了人。谁？水塔的老婆。我们虽一起趴过水塔家的窗户，但都没见到他老婆长什么模样。怎么一下就死了呢。我想起她那些夜里的哭声。我们结伴去看，临走时，我还想邀上云南，到老柴家里一看，电视开着，却没见着人。转而也想，她可能早就知道。我们到了水塔家，发现周围冷冷清清。我骂罗一枪："你不是说死了人吗，怎么一点动静都没有？"罗一枪也莫名其妙："我也是听我哥说的。"

"哪里死了人？"我们问一位蹲在巷子里的妇人。妇人白了我们一眼，似乎告诉我们，死人的事不是我们这些小毛孩应该关心的，她正吹着口哨给怀里的婴儿催尿，突然停下来说："那个外省女人，又跑了。"

"往哪跑？"

"南边。"

我心想，跑也跑错了方向，往北边跑，出了山，才是省道。南边，是一片田野，再过就是荒坡，再过是几人深的湖潭，我们经常去游泳的地方。她插翅难飞。

果真，我们赶到时，湖潭边已经围了不少人。几个懂水性的人正在湖里打捞。我们靠近一问，才知道，那个四川女人竟然跳进湖里了。湖面平静，看样子好像对有人跳下去的事实并不承认。让我惊讶的是，云南竟然也在场。不但在场，她还被人摁在地上，膝盖处磕出了血。不用猜，其实已经很清楚，企图逃跑的不只是四川女人，还有云南，她们一起，跑过村南的田野时，被人发现了，赶到湖潭边上。四川女人一急，便跳下水。追的人还以为她会游泳，想让她游到对岸去，一边候着，不急于救人。云南求他们，云南说："她会淹死的。"四川女人的头发像一蓬乱草，在水面一上一下，待完全没下去时，人们才意识到事情不妙，跳下水去捞，却怎么也捞不着了。一直到傍晚，女人的尸体才从湖底拖了上来，据说死相相当恐怖，我们都不敢看，站在很远的地方望着，只看见一具僵硬的躯体，手脚还保持挣扎的姿势，浑身都是乌黑的泥水。自那以后，我们连个游泳的地方也没有了，谁也不敢再靠近湖潭一步。

那真是一个噩梦。我好几天没法安心睡觉，一闭上眼总能看见那个满身是泥水的硬邦邦如同枝丫挺立的身体，然后那个身体又能发出瘆人的哭声……死人事件在村里引起轩然大波，水塔怕事情惹大，便先找到了村长水银。村长水银是水塔的堂兄，这人无论村里村外，人缘好，交友广，有能耐，似乎就没有他办不了的事。这次死了人，虽说是个外省女人，终究也是一条人命。然而在水塔看来，这人命其实就相当于几头猪的价格，因为她正是用几头猪的钱买回来的。到头来，水塔不但丢了几头猪的钱，弄不好还得因此背上官司。当晚，水塔去找村长水银时，提了一只大猪腿过去。那时一只大猪腿，村里没几家能吃得起。水银当然不是看在水塔的猪腿上才帮的忙，堂弟出了事，只要力所能及，水银哪有不帮的道理。只是这事有点棘手，水银劈头就给了水塔一顿臭骂，骂他好端端买一个女人回来，不好好招待，非得拳打脚踢，谁愿意跟着过日子，人家宁愿跳湖自杀也不愿回家。水银说了"自杀"二字。水塔忙说，是是是，自杀，我知道错了，我再也不敢，再买一个我一根指头都不动。水银突然跳了起来："你还要买？你以为是买一斤鱼仔虾啊，想买就买，要坐牢的，搞不好还得枪毙，老弟。"水塔怕了，难以想象他那样蛮横的人怕起来是什么样子，水塔说："哥，这次你得救救我。"

　　水银救水塔的办法其实也简单，他叫水塔亲自到派出所报案，说和老婆晚上吵了几句，白天她就想不开，跳湖自杀了。谁家夫妻没有吵吵闹闹，她怎么就那么想不开呢？所长和水银是老朋友，水银早就打过招呼，自然知道怎么做。派出所来了一辆车，带了法医，说是验尸，实际上尸体都没见着，先被水银请到家里喝酒了，喝得大醉，哪还有精力看尸体，大手一摆，就这样，尸检报告没问题，浑身无伤痕，口腔有沙土，溺水死亡，自杀。埋了罢。人前脚一走，水塔后脚就把尸体处理了。没有棺木，更没有葬礼，像处理一头死猪。

"会遭报应的。"我母亲一手捻着佛珠，显然她对自己的话也没多少自信。

那段时间，云南把自己关在家里，不看港产电影，也不听田震的歌。周围的人劝老柴看紧点，老柴没听，还让云南一个人在家。四川女人死后，云南突然变了个人。那天，她被老柴领回家，脸上还流着血，神情呆若痴傻，像个孩子任由老柴领回家。老柴伸手去擦她脸上的血迹，给她敷了药。老柴在云南面前没再提起她试图逃跑的事，仿佛那事根本就不存在。

云南之所以和四川女人扯上关系，倒也不是她们事先谋划的结果。实际上，直到她们逃跑，彼此还不知道姓名。刚开始，四川女人身体不舒服，水塔叫老柴开药，老柴便吩咐云南送药。云南走在村庄像是走在自己的家乡，村人都说老柴命好，云南看样子已经死心塌地。水塔也羡慕，要云南开导一下四川女人。四川女人倔强，水塔怎么打也不怕，或许就喜欢听几句软话。云南竟然也当着水塔的面像模像样劝了几句，什么女人嘛命就这样嫁谁不是嫁何况水塔还是个杀猪的吃喝不愁。云南慢慢取得了水塔的信任，肯让云南单独和四川女人在一起。经过相处，云南才知道，四川女人受骗的经过竟和自己差不多，不一样的是，四川女人是出来打工的，她在四川老家已经有了丈夫，还有两个女儿，他们都在家等着她寄钱回去呢。云南后来喃喃自语，说她害了她全家，如果她丈夫和女儿知道她已经死在异乡，那该是怎样的晴天霹雳——关键是，他们连这个都没权利知道，永远都不可能知道。云南对此十分痛苦、自责，事实上，云南当初还有利用四川女人的意思。即使到最后一刻，云南都没打算和四川女人一起逃跑，她知道一切都是徒劳的。云南只想让四川女人做一次徒劳的尝试。云南为此愧疚不已。可当四川女人回过头来看云南，并伸出手，做出拉云南一起的样子，倒像是战争时期同生共死的战友了。

"妹子，一起走吧。"四川女人说。

她们一开始就失去了方向，头脑一片空白，感觉村庄就是一个城堡，只要能跑出城堡，便能得救。至于四川女人跳湖那段记忆，云南后来一直避而不谈，云南说："她只想逃。"

罗大枪

我和罗一枪上小学五年级时，罗一枪的哥哥罗大枪初三辍学了。罗大枪回到村里，没事可做，整天吊儿郎当。罗大枪的成绩很差，还经常在学校惹是生非。那时中考最热门的便是考师范，当然也是最难考的。我母亲就希望我考师范，将来当个老师，虽然我一点都不喜欢当老师，我喜欢当作家，像鲁迅那样——我知道的作家还不多。罗大枪也想当老师，但他没考上，这谁都知道，但罗大枪回到村里不那么说，他说是他放弃了当老师的机会，不是考不上。要命的是，罗一枪也相信哥哥的说法。我说罗一枪你哥哥不是不想考而是考不上。我一点都不喜欢罗大枪。罗大枪说谎是其一，其二，罗大枪辍学后，唯一感兴趣的事情，竟是趁老柴不在家时找云南聊天。罗大枪的普通话虽说也不顺溜，但他胆子大，敢说，云南时常被他逗笑。比如罗大枪说他最大的理想是考上清华大学，他就老把"清华大学"说成"青蛙大学"。云南笑，罗大枪一脸疑惑："你别以为我是在吹牛哦，我不上师范那是因为我不愿意。"

罗大枪怎么和云南认识的，具体我不太清楚，我敢确定是罗大枪主动找的云南，云南竟然也不讨厌，于是罗大枪有事没事都往老柴的屋里跑，喝茶抽烟，看电视。起初，没人觉得有问题，后来渐渐有人说闲话，但闲话也只是闲着的时候说，并不敢当着老柴的面，毕竟谁也没亲眼见着什么，至于喝茶聊天，再正常不过。

我能感觉到云南的变化，她对我不再像以前那般热情了，当然也没更冷淡。或许是我多想了。只要我去她家，她还是会放我最喜欢看的武打片。但云南似乎更在意罗大枪的存在，或者说，她跟罗大枪更像朋友间的交往，和我，只是对待一个小朋友罢了。想通这点，我心里很难受，恨不得一天长大，长得比罗大枪还高还大。那时，我对罗大枪羡慕也好，嫉妒也好，总之，有罗大枪在，我一般都不会去云南家。我故意做出生气的样子，并希望云南能看出来，但她一直没察觉，没心没肺的样子，这是我更伤心的原因。有时，星期天，我先到老柴家，正看着电视呢，罗大枪便大大咧咧进来了，一进来就说还看那么老的电影，一点品位都没有，接着大模大样走过去把碟片退了，自己在柜台上挑了喜欢的片子。罗大枪像是在自个家里，大摇大摆。我简直气坏了，我希望云南帮我一把，骂他一顿。云南没有，云南竟然还依着他。我对云南失望透了。为了表达我的不满，我只好气呼呼地离开，有时我还会站在天井骂一句："罗大枪甫恁母，你以为这是你家啊。"我骂的云南没听懂，罗大枪竟然还厚颜无耻地回一句："是又怎样？滚。琴仔鬼。"

罗大枪太无耻了。我简直恨死他了。甚至于罗大枪在老柴家时，我还往窗口扔过沙石。我跟罗一枪说，你哥太不要脸了，做见不得人的事。罗一枪不服气，说不是我哥不要脸是老柴的老婆不要脸勾引我哥我爸和我妈都气死了在家里骂呢。确实，如罗一枪所说，那时云南和罗大枪走得近，全村流言蜚语，几乎人人皆知，基本说的都是云南的坏话。我母亲也说："我早说过，这女孩心机重。"人人都知道的事情，唯有每天进山挖药的老柴一点都不知，或者说，他装作一无所知。老柴对云南的纵容，或者信任，在村人眼里，都有点不可原谅了。

村里的年轻人，只要是没上学的，唯一的出路便是出外打工。罗大枪却死皮赖脸呆在村里，整天无所事事，像个败家子。罗大枪要是个败家子还好些，他就是个窝囊废，老躲在老柴家里，算怎么回事？还得在老柴进山挖药的时候，偷偷摸摸。我曾设想，要是老柴哪一天提前回家，看到家里除了云南，还多了一个罗大枪，这个罗大枪又完全不像客人的样子，在老柴家里倒像个主人，那老柴会怎么想，或者，他们之间会不会干一架？说到打架，老柴肯定不是罗大枪的对手。罗大枪早两年还是个小瘦猴，两年来像是肥水厚的荔枝树，长得人高马大，像个大人了。甚至我还听人说，老柴不会怪罗大枪，老柴其实早就知道罗大枪和自己的老婆走在一起了，他只是假装不知道。实际上，罗大枪就是老柴找上门请来的，老柴求罗大枪跟云南好，为什么呢？因为老柴老了，不会生孩子，他买了那么多老婆也不见有一个怀上的。老柴需要一个孩子，要不然他赚的钱该给谁继承呢？老柴看罗大枪长得像个人模样，身体也好，还读过几年书，有文化，说白了，老柴就是要向罗大枪借个种。当然，老柴也不会亏待罗大枪，就别说云南怎么样也是一个年轻姑娘，长得也好看，老柴还答应事成之后另给罗大枪一笔钱，这笔钱估计比到外面打一年的工还多，何乐而不为？如此种种，只是村里在传，传得有模有样，像真是那么回事。时间长了，没人出来澄清，也没更进一步的冲突，事情也就那样，板上钉钉，错不了。

对我而言，最折磨的，便是云南和罗大枪是不是睡在一起了。他们睡不睡在一起，说起来跟我有什么关系。可我心里难受，一想起罗大枪那傻样赤着大腿骑跨在云南的身体之上，那情景，就让我受不了。我得承认，十四岁的我刚好发育，身体里有一股劲在往外冒。我遗过精，也尝试过手淫，竟然也都是因为云南，怎么说呢？这话本来说不出口，我从来没跟谁讲过。我身边没有了信得过的朋友，本来有罗一枪，因为罗大枪，我和罗一枪的关系也搞僵了。我打算这辈子都不会跟谁讲，我十四岁那年曾因梦见摸了一把云南的奶子而遗精，并产生了极大的快感。我深感那是一种难得的乐趣，往后的日子，我时不时会在半夜躲开一切人物、动物和植物，一个人在被窝里手淫，脑海里出现的自然还是云南的身影，只是不单单摸她的奶子，还脱了她的衣裳和裤子。我想象不出她小腹以下那个部位的具体形状，大概感觉那儿是一团黑色的毛发，以至于后来很长一段时间，我只要见到一小撮黑色的毛发就会感觉浑身发烫，兴奋不已。

最为可恶的是，自从云南和罗大枪走得近，我每次手淫所想象的竟然还是罗大枪和云南纠缠在一起的画面。云南说："你说话算数？"罗大枪说："当然啦。"他们一边纠缠一边作出以上奇怪的对话，我不知道这对话是我凭空想象的，还是亲自见闻？我忘了。我或许真在老柴的家里看到了一些不该看到的场景。这么多年过去了，我真的忘了，就算真的看见过，也变成和梦一样迷幻的影像了。我努力摆脱，却做不到。我的痛苦只有我知道，没有谁能理解我的痛苦，包括我的母亲。那段时间，我成绩下降，精神萎靡，甚至都到了茶饭不思的地步。母亲以为我病了，请老柴开了几服药，药还是云南拿过来的。母亲对云南没好脸色，云南本想和我母亲说两句，结果只问了我一句得了什么病。我说我没病，我心想你才有病呢。但我没说。母亲熬好的药，我也没喝，偷偷倒了。我感觉自己真没病。母亲见我没好转，又到莲峰庙求了一大把香灰回来，看样子是以为我被鬼神缠上了。

我清楚，只要云南不和罗大枪好，只要我还可以偷偷到老柴家里看港产电影，就什么都会好起来的。我视云南为姐，是罗大枪的介入，让我产生了很多奇怪的想法。这事归根结底就应该怪罗大枪。我恨不得罗大枪有一天能在村里消失。

想不到，没过多久，罗大枪真的消失了。这个消息还是罗一枪先告诉我的，他有找我和好的意思，事实上，我也因此原谅了罗一枪，和他说了话，上学和放学也都在一起。我问罗一枪，你哥去哪了？罗一枪说："我哥去深圳了。"我那时对深圳感觉陌生，只知道那是个很遥远的地方，但听多了——村里其他年轻人也大多去了深圳——好像对那个地方也很熟悉。我说："哦，去深圳啊，我还以为去哪了呢？"

"我还告诉你一件事，"罗一枪神秘分分，"老柴的老婆想让我哥带她走，她说，只要我哥肯带她走，她就跟我哥睡。"

"你哥答应她了？"我故作轻松，好像对这事根本不关心。

"答应了啊。"罗一枪眉飞色舞。

"那，她怎么没跟你哥去深圳？"

"哈哈。我哥才不傻，我哥一大早就溜了，我哥还来不及收拾衣物，怕被她跟上，会缠着我哥不放。我哥说他才不干那样的事，带她走，怎么可能？"罗一枪看样子因为有这么一个精明的哥哥而感到骄傲。

"放屁，你哥就是个流氓，骗子。"

罗一枪被我突发的脾气吓了一跳。

代课老师

我做梦也想不到，云南有一天会成为我们的语文老师。

寒假还没开始，我们学校便跑了两个老师，一个语文老师，一个数学老师，听说都是在外面谋到了更好的工作，停薪留职。年轻人不再把老师这样的"铁饭碗"当回事，也是我母亲那一代人所无法理解的。

我们的校长叫龚占天，是个高大、一脸褶皱的老人——他教我们音乐，会唱谱，但他教的歌除了《义勇军进行曲》就是《闪闪红星》，我们烦透他了。他还十分恶毒，体罚学生不用小竹子，用手拧，一拧就是一块瘀血。龚占天校长在我们眼中是个恶魔，在村人心里却是个值得敬重的文化人。他走到哪，总有人点头哈腰喊"校长"，即使水塔那样蛮横的人，见到龚占天走近，也得抢先说："龚校长，么个猪肉，我割给你。"村长水银就更别说了，村里的杂事，考虑不周时还得请教龚校长，敬烟敬酒，都难免。

所以，当龚占天找到德民和老柴，说要他俩的老婆当代课老师时，德民和老柴都点头答应了，相当爽快。开拖拉机的德民在村里可是人人皆知的实诚人，他追着问了龚占天一句："是不是得问下她，会不会？"龚占天大手一摆，说："能说普通话就行啊。"龚占天之所以请她们，也是因为她们是外省人，都会说普通话。

德民的老婆是个湖南姑娘，姓董，后来我们都叫她董老师，龚占天叫她小董。董老师除了会说普通话，还会说英语，这让龚占天喜出望外，捡到宝似的。董老师也是个老实人，和德民真是天生一对，自从她来到我们村，虽说是被拐来的，德民花一年开拖拉机赚的钱买了她，她却一点都没逃跑的意思，死心塌地，和德民好，和德民过日子，以至于村里人都忘了她是个外省人了。没多久，她还学会说我们当地的方言，且说得十分标准，不仔细听，分辨不出有外地口音。这就是语言天赋。后来龚占天校长逢人都不免夸一句。董老师在村里学校一教就是十五年，几年前，通过考试，终于成了正式老师，年年都被评为优秀；而德民也从开拖拉机到开上了人货车——这是后话。现在回村，经过学校时，还能听到董老师领读英语的声音，往事便不免历历在目。——这也是后话。

至于云南，她没在学校呆多久，前后大概几个月。老柴愿意让云南去教书，当然不是因为那几百块工资，有时他进一次山就能挖回来价值上千元的草药。老柴心里清楚得很，那时云南和罗大枪的事闹得沸沸扬扬，他假装不知情，原谅了云南，就像当初原谅她的逃跑一样。罗大枪消失后，老柴怕云南想不开，效仿水塔的女人，眼看湖水茫茫也往下跳。到学校教书，多少也算有个事情做，日长夜久，或许能跟德民的女人那样，安静下来。

云南教我们语文，这正合我意。我喜欢语文，还喜欢写作文。我因为能让云南发现我的长处而高兴，小虚荣心老是促使我刻意表现自己，比如我不希望云南对罗一枪好，我有意无意透露，罗一枪就是罗大枪的弟弟，似乎就是说，哥哥是坏人，弟弟也好不到哪去。云南只字不提罗大枪的事，当然也没有迁怒于罗一枪。有时收作业本，或者发放试卷，云南想让坐在第一排的罗一枪帮忙——那小子全班最矮，和他哥一点都不像——我见势不妙，会抢先冲到云南面前，说："老师，我来帮你。"我一直想在同学们面前证明我和云南早在她成为老师之前就已经认识了，好像因此我便可以高人一截，是件非常值得炫耀的事情。云南没拒绝我，但也没配合我表现出和我有多熟。那些日子她总是心情恹恹，对教学并无过多的热情。

可能是因为身份一下子的转变，关系有些微妙，我再去老柴家时，竟不再像之前那样随意了。我不能直接叫她云南——多好听的名字，我只能叫她老师。我叫董老师加了个姓，叫云南我没加上，不是不想，而是不认得那个字，叫起来也费劲。"费老师。"哈哈。显然云南也更喜欢我叫她老师。她从没想过会当上老师，人生旅途的诡异未知，由此可见。我们叫老师还好，要是村里人也都叫她老师，她就难为情了，她会低下头，摆着手苦笑。她实际是个羞涩的女孩。

云南和董老师是到学校后才接触上的，后来她们有一些走动，但不多。我本以为她们会成为好朋友，显然让我很失望。有一次，教办下来检查，说是检查，实际上也是来找龚占天坐坐，喝喝茶。那天来了几个人，开一辆面包车。车子停在校门口时，云南正在为我们讲课，她突然停了下来，走到门口张望。我看见她的脸色瞬间铁青。谁也无法预料，云南竟然撇下我们，径直朝面包车走去。迎面遇上教办的人，云南问："请问，你们是警察吗？"把教办的几个人问得莫名其妙。但他们嘻嘻哈哈，正说着某件好玩的事，于是也没过多理会云南，直接就进了校长办公室。接下来的事情便有些奇怪，至少在当时的我看来，云南像是着了魔一般，她竟然一头钻进了面包车，而恰好车子的门也没关牢。同学们都哦哦叫了起来，纷纷跑出教室看个究竟。这时，董老师迅速走近面包车，我们以为她也会钻进面包车里，可她没有，她一把拉住云南，并在她耳边耳语几句。云南挣脱几次，最后还是被董老师拉回了教室，竟然像小孩一样，仿佛意识到自己做错了事情，看样子，和当初老柴领着她从湖边回来一样，面容痴傻。幸好这一切都没被大人们看到。董老师朝我们竖起食指，放在嘴边，示意我们不许说出去。我们似乎触碰到了什么秘密，别的学生我不知道，他们是否回家和大人们说了，我一个字也没和大人们说起，包括我的母亲。后来我才知道，那一次，云南肯定天真地想着面包车的人能帮她逃离，是董老师帮了她。甚至于，我怀疑云南之所以答应到学校代课，也是有所企图的——她无时无刻不在寻找逃离的机会。

几个月后，云南辞掉了工作。龚占天劝了几天，也没能把她留住。老柴依着她。老柴还很高兴，他找我母亲偷偷说："她答应我了，要跟我好好过一辈子，还要给我生小孩。你说我都一把年纪了，还生小孩，不过，有个小孩也好，让她有个事做，就不胡思乱想了……"老柴说得兴奋，仿佛幸福生活已经摆在眼前。我母亲面容漠然。我母亲没说什么。不久，老柴又找我母亲："不瞒你说，原来她真的怀上了，都好几个月了。对了，到时得找你接生呢。"我母亲还是个接生婆，但她并不靠这过日子，倒像是个业余爱好。听母亲说，我当年出生，就是母亲自己接的生，一个瓷碗一敲，往脐带一割，打个结，就把孩子从胯下抱了起来。我听着很神奇。也不仅是母亲这样说，外人也说，母亲的接生技术高超，顺产自不必说，就是倒插莲花，脚先着地的孩子，母亲同样能处理。母亲还有一个接生器具箱，跟赤脚医生的箱子差不多，也是画有一个红色的十字架。母亲一般都把箱子高高放起，如果不是别人力请，她一般不出手。或者说，如果不是情况危急，她也不出手。从这点看，母亲有点自虐的意思，非得要碰到棘手的产妇才会感觉兴奋，像是高手遇到了难解的数学题，瞬间就精神抖擞一般。听说，母亲每接一个难产的孩子后，都会点香拜一圈天地，照她说的，"一切都是神明的意思。"

母亲对老柴说："怎么不见肚子？"

老柴呵呵笑，搓着一双挖草药的满是皲裂的手，说："头胎，不显肚子。"

如果云南真的怀孕了——我是说如果，不用说，那孩子一定是罗大枪的。这事跟风似的，立马便在村里传开了。

老柴

老柴一天的工作其实挺单调。他一大早起床，天还未亮就要进山，村东有海岬山，步行进山要一个钟头。老柴吃饭的工具很简单，一把特制的锄头，一个麻袋。够了。当然，他得带好中午的干粮和足够多的水，有时还会带上自制的蛇药——他是个神奇的草药师，镇医院都没弄好的病人，他曾用几服草药就把人家救活了。他清楚山里的每一样植物，甚至知道它们躲在哪个角落，是春天冒出来，还是夏天冒出来，还是秋天冒出来，还是冬天冒出来。他都了若指掌，这天要挖什么草药，往山的哪一面上去，心里都有底。有人说山里才是老柴的家，村里的老屋实际只是他睡觉的地方。他会在山里呆一天的时间，傍晚才踏着落日归来。回到家里，他其实更忙碌，他得把草药分类晒在天井，再把晒好的草药铡成短截，装袋垒起。一个月有那么一天，老柴要去一趟镇上，把上个月挖的草药卖出去，能卖多少钱他也是清楚的，所以也在心里预算那天要从镇里买回什么东西，有时要花的钱不少，比如给云南买电视机和VCD，还给她买书和唱片——云南开好单子，让老柴去买。老柴不是一个小气的人，至少对云南是这样。每次去镇上，得雇辆车，没别的车，就德民的拖拉机，那时村里就德民一辆拖拉机，显得宝贵。老柴不讲价，德民说多少钱就多少钱。德民人实在，也从没看老柴赚钱多点而把刀子磨得利一些。两人合作愉快。回村时，还是德民的拖拉机帮着拉回来，自然是各种生活杂物。老柴坐在拖拉机后斗上，倒不是前面不能坐，他是要在后面抓牢物件，免得山路颠簸，把物件给颠掉了。老柴每次从镇上回村，必引来一群孩子在后头跟着，嚷嚷，看老柴买回了什么东西，好像对此很关心。我承认我也跟过，是在云南到来之前，云南来后，我突然有一种强烈的羞耻感，似乎一下子长大了，长成大人了。罗一枪就不行，他还跟着，而且每次都能在老柴那里分到几个白兔糖——这当然也是孩子们喜欢跟着的原因。云南站在门口，看着老柴从拖拉机后斗上往天井搬物件。她就那样看着，从不帮手。老柴也从不会叫她帮忙，老柴怕她累着。

有一天，云南看着老柴从拖拉机上拎东西，她边嗑着瓜子边说："下次带我一起去吧。"

老柴一愣，没答应也没拒绝。他继续忙，似乎没听见，或者听见了，觉得事情很小不当回事，过一会便忘了。云南没忘。下个月，老柴又雇了德民的拖拉机，把十几袋干翘翘的草药装好捆牢。德民刚拖出一把Z字形的摇把插进拖拉机头的发电机打圈摇摆启动，云南便坐上了拖拉机前头的座位。德民停住摇动，眯着眼睛说："嫂子，你有身孕，你坐上去，我都不敢摇了，怕动了你的胎。"见状，老柴有些慌乱，问："说真的啊？"看来老柴没忘云南上个月说的话，这句话隔了一个月才接上。老柴一直在心里憋着呢。该不该带云南去？无疑，这是很危险的举动，搞不好，会出大事，凭云南的机灵，出了村庄，似乎就没有什么能绊住她的了。老柴转而也想，不该那样，云南都已经怀孕了，死心塌地了，怎么还能那样揣测她。那样不对。

"当然是真的。"云南说。

"去做么个？"老柴的普通话掺着一半方言，不过云南能听懂。

云南说："都几个月了，想去医院做个 B 超。"

这倒让老柴如释重负。但他还是来找我母亲，问了一下。我母亲是个老古董，她说以前村里的妇人生孩子，从来不信那一套，做什么 B 超啊，好坏还不是命，多给神明上点香烛才是真的。母亲转而又说："不过，现在的年轻人，都兴去医院，要不，以后生了，你也送她去医院生吧，我老了，怕是弄不了了。"

母亲这么一说，老柴连忙反对："不行，接生还得你来，B 超才给医院去 B。"

我母亲笑了。

我能想象那天德民的拖拉机拉着老柴和云南以及后车斗上十几袋的草药往镇上开时，云南的心情如何。是不是直到那一刻，她还在犹豫，还不知道接下来将会发生什么事情。确实，谁也不知道那一天会发生什么事情。一直到德民开着拖拉机回村，匆忙去找村长水银，人们这才知道，老柴出事了。

"老柴出事了，出大事了。"德民结结巴巴。德民跟村长说了事情的前后，接着便到学校看他的女人董老师。董老师正在学校教英语，她自己开的课程，ABCDEFG……德民舒了口气,趴在窗户上看老婆教书。董老师停下来问德民:"有事吗?"德民忙说:"没事没事。"笑着,转身出了校园。德民确定出事的只是老柴,不包括他——董老师没有和云南串通好。他很庆幸。

老柴出了什么事呢?据后来村人传播,是这样的。那天他们三人开着拖拉机到了镇上,第一件事先是到光明路把草药卖了,听说还卖了个好价钱。老柴心情不错,便喊德民往镇医院开,他得让医生好好检查一下云南肚子里的孩子,花多少钱都无所谓。——从这点看,我想云南当时是犹豫的,她一再推迟计划,又一再坚定信心。德民后来回忆,在人民路上,就在他们快到医院时,事情发生了,很突然,云南从拖拉机上跳了下去。老柴当时吓得不轻,德民也大叫一声,他们都没往那方面想,只觉得云南掉下去了,一个有身孕的女人,掉下去了,得有多危险。德民弄了大半会才刹住拖拉机,老柴喊快送医院,幸好医院就几步远。当他们慌忙下车时,却怎么也寻不着人。路上有人说:"已经跑了,往那。"果真,老柴搭手一看,云南正奔跑在人民路上呢,路上的车辆和行人都纷纷为她让道……那场景,想必无比悲壮。老柴知道坏事了,赶紧跟着跑,德民开着拖拉机紧跟其后。大路上,谁也不知道发生了什么事。原来云南已经认好路了,她知道派出所就在医院附近,都在人民路上。也可以猜想云南之前的犹豫是她还没有寻到派出所的位置。这下好了,云南感觉自己得救了，终于逃脱了，她可以回家了，她不说，家人谁也不知道她有过这段屈辱的过去，但没什么，苦难是短暂的，她没事了，她还可以继续到深圳打工赚钱，继续背个包去云南旅行，去实现从小的梦想。她终究打了胜仗。但她也知道，她得隐瞒一辈子。想到这，她哭了，边走边哭。她洒着泪，终于跑进了派出所的大门，如长跑运动员最后的冲刺……老柴之所以没跟德民回村，是因为他死死地守在派出所门口，等着云南出来。德民倒是过去劝了老柴："走啦，等会公安都出来了。"老柴说："我不怕，我又没犯事。"老柴那会觉得他花钱买回来的女人跑进派出所了，派出所怎么说也得还回来。老柴觉得事情就是这么个理。最后，要不是村长水银骑着摩托车把老柴拉回来，老柴还想在那儿过夜呢。水银说："老柴啊，我刚给所长打电话了，所长说事情不算大，但也不小，虽说不是你拐卖的人，但你花钱买了，就是销赃，也是犯罪。我向所长也表了态，说你真心要娶人家，没打也没骂，吃好穿好的，跟对待女儿似的……"听到这，老柴趴在水银的背上伤心地哭了起来，老柴说："比女儿还亲啊。"又说："她还怀着我的骨肉呢。"水银扑哧一笑："你还信了？她那是设套骗你的，要不怎么出得了咱们村啊。"老柴沉默，似乎恍然大悟。晚上，老柴还不放心，又找村长水银商量：不行，人得要回来，给钱吧，所长要多少？水银一笑："这么说，事情就好办多了。"

几天后，云南便被人送了回来。全村人都围着看。云南死活不下车，她还把水银的胳膊咬出了血。水银举手要打云南，老柴忙上前阻拦："勿打，她有身孕呢。"老柴又看着云南，絮絮叨叨："回家了，回家了，别闹，别闹。"

我

我读初中那年，罗一枪辍学了。罗一枪说他哥在深圳赚了钱，承包工厂的废品，需要帮手。罗一枪因为要去深圳而显得异常兴奋，跑我家说了好几次，每一次都像是最后的诀别。他说他终于可以离开村庄去看一看大城市了。我也十分羡慕罗一枪。和罗一枪比起来，我要去镇上读初中的事，就显得微不足道似的。但我还是很开心，在村里生活了十多年，终于有机会离开了。我本想在学校寄宿，我做梦都想过想象中的美好的宿舍生活。我母亲不让，我母亲说我有个舅舅在镇里住，在北门市场卖海鲜。我母亲便和她那个卖海鲜的弟弟联系，他们之前似乎从未联系过，也没走动，母亲突然为了我而去联系，未免唐突。好在舅舅没拒绝，满口答应了，当即还告知他家的详细地址。母亲跟舅舅说我成绩相当好，将来肯定能考上大学。我很讨厌母亲爱拿我吹牛的毛病。我和舅舅一家并不熟，想想以后相处起来该有多别扭。但我得听从母亲的安排，这个相信一切神明的妇人也相信我将来一定能功成名就。那样的话，我将是村里有史以来第一个大学生。想想，也是挺兴奋的事。

我每个礼拜天都要背一袋米翻山越岭去省道坐开往镇里的汽车，米是母亲答应给舅舅家的，舅舅不要，母亲坚决给，说舅舅不要妗子要。我拎着米进出的样子，倒有点像当初云南来我家的样子。一般，我一周回村一次，周六回周日走，一周在村里的时间不超过两天。这是我从未有过的体验。多好，两天时间，不长不短，我和村庄的距离也不远不近，刚刚好。至今想来，那都是一段自我感觉特别良好的时光。每次回村，我看村庄都有一种久违了的陌生感。我刻意营造这种气氛，并把它写成乡愁文章，纯粹无病呻吟。

母亲每个周末都为我准备好吃的，有时煲一只鸡，有时留点水果。云南那会总说我母亲的好，"要是我妈，她可不会这样。"云南这样说。云南后来和我母亲走得近些。我母亲后来真有点敬佩云南，她们之间的交流也不再全是比画，母亲学会了点普通话，云南也会几句我们的方言。我每次回家，云南总在我家里。云南一次比一次黑，整个看起来和村里那些生了几个孩子的妈妈一样上了年纪。自独闯派出所事件后，老柴对云南的看管紧了，他宁愿不进山，在村里承包了田地，培种中药，需要云南帮忙时，他也不再像以前那样怕她累着。云南竟然也会干活，后来的她，晒谷扬谷，剥花生打芝麻，甚至是辨药、铡药，没有一样是她不会干的。她还真和老柴过起了日子，就像德民和董老师。

说实话，到镇上读书后，我对村里的事情多少有些淡漠，包括对云南。我像是突然闯进了另一个广阔天地的麋鹿，见了新风景，认识新同学，眼界豁然开阔，回头再看那么点的村子、村里那么点的事，便显得微不足道，见怪不怪。比如，要在以前，我难以想象云南会一直生活在我们村里，或者说，以前我根本不相信云南能在我们村呆下去，她即使不设法逃跑，最后也会像水塔的女人那样毅然往湖里跳。我说的是以前。后来，我就不那么认为了。我觉得云南就那样一辈子在村里生活，和老柴相依为命，然后，幸运的话，生个一儿半女，待老柴死后，留下一笔不少的钱，娘儿俩再过剩余的生命……这也没什么大不了的。

所以——我要说的是，那天，具体是什么时间，我记不太清楚了。我周末回家，云南把我叫到她家。她先是四下张望，确定屋里和巷子都没人，才把手里抓着的一封信塞进我的口袋。她激动得浑身颤抖，断断续续地说："帮我把信寄了，帮我，只有你能帮我了……"她看着我，眼里噙着泪。她从没那么脆弱，或者说，从没那么胆小过，完全不像一个曾经做过几件轰动全村的事情的女人。她接着跟我说："实在没办法，我再也想不出别的办法，不怕事情败露了……"我不太明白她所谓的"败露"，后来我才知道，她指的是她的家人，那封信正是寄给她家里的，她向她的家人求救，也就等于向家人低头、认输。这个女人终于不再倔强。我没说什么，转身就离开了她家。我心情复杂，好像也该为此高兴一下，毕竟我长大了，至少在云南看来我长大了，因为她已经觉得我能够帮她的忙了。这是莫大的荣幸。我没敢跟任何人说起此事。第二天拎着米袋离开村庄时，我特意把信藏在内衣袋里，像个地下党，突然间成了全村的叛徒，带着"情报"悄然离开。路上所遇之人，似乎都拿异样的眼神看我，仿佛都能洞察我身上带着的不可告人的秘密。我紧张死了。我快崩溃了。到了镇上，我并没有立马把信寄出去。信是封好的，地址用蓝色的圆珠笔写得很整齐，也很吃力。我看着那行地址，想象着那该是一个怎样的地方，和我们村有什么区别？我还把它举到阳光处看，试图看里面写的内容，但我一个字都没看出来。我又不敢拆开。或者说，那时的我，内心的正义感不允许我干那样的事。几天后，我才带着信来到了邮局。邮局刚好在人民路，和医院、派出所同在一条街上。我虽在镇里上学，但学校在镇郊，所以到街市的机会也不多。那一次我真正走了一遍人民路，我不知道邮局在哪，我得一路那么问过去。邮局还没找到之前，我先看到了医院，接着看到了派出所，我想象那天老柴在人民路上追赶云南的情景，以及老柴守在派出所门口等着云南出来不愿意离开的样子……我突然哑然失笑，觉得老柴真是个好人，再也找不到他那么好的人了。云南应该知足，至少也应该认命。事情就这样。所以，在我将信贴好邮票并准备往那个斑驳生锈的绿色邮筒里塞的时候，我迟疑了。最终，我把停顿的手抽了回来，连同那封寄往江西的信。

我骗了云南，我说我寄了。大半年过去了，云南并没有盼来应该来的人。她偷偷问我："你真的寄了？"我说："真的，骗你干吗。"我回答得那么真切，仿佛云南冤枉了我。她没再说什么，垂下头，大半天没说话。

叫云南的女孩

有时我并不急于回家。我习惯了镇里的生活。我刚学会上网，一有时间就往网吧跑。我花掉了母亲给我的所有零花钱——除非要回家要钱，否则我宁愿在网吧度过周末。

我认识一个小我一年级的女孩，她长得并不是很漂亮，但小巧，可爱，还听我的话，我们相识不到一个月就在人民路的旅馆开房上床了。女人原来能让人感觉那么美好，我后悔之前的所有手淫以及对云南那些暗地里龌龊的想象，那几乎是一种耻辱，不可原谅。我能感觉到我的成长，人生之路似乎也明朗了起来，如果不出意外，我可以顺利考上县重点高中，接着考上大学。可能，我没像罗大枪吹牛的那样，考上清华北大，但一般的院校，以我的成绩，还是绰绰有余的。然后我会在大学校园里交到更多的朋友，包括女朋友，我会和她们一一上床，感受她们身体的美好，当然也让她们感受我的美好。我们之间存在真实的爱情，如胶似漆，跟云南不一样。当然，最后我会挑一个善良的女孩结婚，关键她还得是城里人。我们彼此都有一份稳定的工作，不急于生孩子，甚至不生孩子。我们是丁克。我们每年至少会去一个地方旅行，其中当然包括美丽的云南。就那样，我会和村里所有人都不一样，就是要和他们不一样。我好多年才回家一次，其实也不是回家，类似于一个人到自己的村庄做客。我就想这样。我要脱离村里所有的人和事，以及多少年来约定俗成的规矩。——奇怪，这么说，我和云南好像都有一个共同的目的。我们又是不同的。

同样是逃离，云南要悲壮得多。云南选择那样的方式逃离，是我想不到的。当我得知消息时，事情已经发生有一个月了。一个月的时间，激起的风浪差不多也都平息了下来。所以，当母亲向我说起时，她用了一种冷静的语气，好像她早就能预料到，或者是我早就应该预料到一样。

云南杀了老柴。

云南用一把平时铡药用的铡刀，先是铡断了老柴的四根手指，如铡下一把山间的草药，接着，云南用老柴那把特制的短锄，敲死了老柴。满屋子是血。我母亲说，老柴太可怜了。母亲急促地捻着手里的佛珠。自始至终，母亲没有对云南的行径表达一下看法。

我特意到老柴的屋子看了一下，大门紧锁，派出所的白色封条已经被风或者哪个捣蛋的孩子扯下一半。房子空寂寂，似乎也随着老柴一同死去。我想老柴真是一个好人，他的死完全是在替人赎罪，他不是为自己死的，真不是。

当天，是所长亲自铐了云南，实际上云南就坐在家里，还开着电视，等着警察的到来。她先等来的是村人的尖叫，然后又等来了水银。水银踢了她一脚，把她踢出几米远。她坐起来，朝水银粲然一笑，她说："你好，村长，你还能把我送回来吗？"水银当时也吓了一跳，不敢造次，立马报警。所长一到，见是云南，感觉眼熟，他对老柴的死倒没觉得慌乱，他只是骂了一句："甫恁母哦，放你回来杀人啰。"

云南先是在镇拘留所呆了一段时间。其间我很想去看看她，但总是下不了决心，老问自己有没有那个必要。我终于没能战胜自己，觉得真没必要，自始至终，真的不关我什么事。就当是一个人突然闯进村庄，并多少也闯进了我的生活，有一天，她突然又以一种让人措手不及的方式离开了，再也见不到她了。是，今生今世已经永别。我不知道她会不会偿命，无论如何，她都已经达到自己的目的了。

是多久以后，我也记不清楚了，半年，一年，或者更长。总之那时我已经考上了县高中，正如我所规划的那样，我往美好的生活前进了一步。我是一个脚踏实地的人。突然有一天，接到母亲的电话，说是家里有我一封信。我奇怪，怎么有我的信。我那时开始喜欢往报刊投些小稿，也发表过不少豆腐块，但我留的都是学校的地址，从来不觉得村庄那个名字是可以当成地址留在洁白的稿纸上的——我越来越厌恶那几个字的组合，显得毫无根据一般。我问是哪儿寄来的信。母亲不识字，跑邻家问一个上小学的孩子，那孩子支吾半天，终于说："云——南——"云南，我的心咯噔一下，奇怪的是，我并没把那两个字听成一个地名，我想到的是云南，对，是那个叫云南的女孩。

几天后，我拿到信，果真是云南寄给我的信，竟然也寄自云南那个地方。信封上印着云南某监狱的名字。我才知道，云南没有偿命，她还活着。信写得很短，主要有两方面的内容，一是对老柴的愧疚，她说她疯了，完全疯了，她无路可走，除了杀掉老柴——也不知道是怎么回事，就是一种很强烈的愿望，要杀掉老柴，只有杀了老柴，她才可以逃离村庄，否则一点办法也没有。她突然那么坚信。她坚信了自己的坚信。二是写她的现状，巧的是，她竟然在云南坐牢，一切都不错，她终于到了云南，虽然方式不一样，结果却是一样的。她说她每天都把冰冷的牢房想象成云南某个街巷的长满绿色青苔的石板街，一到放风时间，她还能看见蓝天白云，鸟儿飞翔。多美啊，云南。云南是个美好的地方。她想一辈子都住在云南。

信末，附了一首歌词，正是田震的《执着》。

读完信，我已经满脸泪水。

当天，我就写了回信，我告诉她我的近况，因为考上县重点高中，我母亲特意答谢村里所有的神明，她认为都是神明庇佑的结果，丝毫不算我个人的努力。我说母亲永远是这样的人，永远改不了那些臭毛病，和那个村庄一样。我还说水塔并没有如我母亲所预言的那样，有报应，他依然卖猪肉，依然在秤里做手脚，有时还把死猪肉也往案上摆……还有，所长村长他们继续当着他们的官，越混越好，谁也奈何不了他们。现实就这样，那个四川女人，老柴，他们都不该死，可他们都死了，有些人该死，却怎么也死不了。公平吗？谁都知道不公平，一边又把不公平的事做得理所当然，就像你狠心地杀了老柴。

我来到镇上，还是人民路，还是那个破败的邮局——小镇对我来说已经和村庄一样，是被我遗弃的生活场所——当我把信往那个斑驳生锈的绿色邮筒里塞进去时，突然想起，如果那天我也毫不犹豫，把信塞进去，或许，一切都得重来，是吗？但生活不是 VCD，可以快退再来，或者重放一遍。看来一切罪孽也源于我的懦弱。

纵 身

1

大清早的电话，初晨以为是闹钟，听了一会，又觉得不对，闹钟不是这样的曲子。他翻身，在枕头下摸了很久，才摸到了手机。以前睡觉前，他会看会书，跟专业有关，或者一本流行的网络小说，后来这个习惯慢慢被手机代替了，刷着刷着就睡着了，手机也没关，天天如是。

也幸好没关，要不这个早晨，母亲肯定联系不上他。

是家里的电话。母亲的声音从手机那个细小的孔里传出，明知远隔着几小时的车程，听着却仿佛在耳边，就像小时候，他躺在母亲身边，听她好声好气劝他起床上学。母亲的声音从来都是细软的，印象中她没发过火，即使发火了，也不会通过声音来发泄。人们都说她是贤惠的客家女人。他不知道是母亲天生如此，还是因为顶着贤惠的光环，不好意思自毁形象。无论怎么样，他都觉得幸运，他遇上了个好女人，如同他的父亲，应该也会这么觉得。

"起床了吗？"母亲问。

"本来还没，被你吵醒了。"他故意使语气听上去有怨意。他以前也这样，和母亲通电话，倒像是情侣之间的俏皮话。

"那就起来吧，收拾下东西，回家——"最后两个字，母亲拖了一下，似乎在极力控制。

"怎么啦？"

"你爸坏了——"母亲终于在电话里哭了起来。这一哭，就再也说不了话了。

就像第一天参加工作，初晨紧张得手脚发抖，他站在办公室的工作台前，一个个方块格子，每个格子仿佛一个小房间，至少是个小空间。女同事会在台上摆放盆栽，在隔板上贴彩色的贴画，或者挂个公仔；男同事要简单些，也有讲究的，比如弄个小书架，摆个从古玩市场淘来的铜器……他面对空荡荡的工作台，没有人理他，甚至没有人给他安排事做，他坐也不是，站也不是，在一个完全陌生的群体里，他足足呆了一下午。

听到父亲的死讯，他同样呆了一早上。周围的环境一下子完全陌生起来。他租下的这个已经住了两年的房间，和他的工作台一样，从空荡荡，到每个地方都放上了合适的物件，他苦心经营起来的环境，一下全崩塌了，像是一堆瓦砾。他便呆坐在瓦砾之上，自己也成了瓦砾的一部分。他遥想身在小城的母亲，远在另外一个城市的妹妹，无不和他一样，此刻，都跌坐在一堆残败的瓦砾之上。

不可能是梦。他下床时已经感觉到了冻。冬天在南方总是迟到，前几天，一夜雨后，冬天才突然降临，如人走在街上，被楼上的空调主机直接砸扁在地。

父亲才五十二岁。五十二岁的父亲看起来其实像是四十二岁的样子，初晨只要一晃眼，父亲的面容就会清晰地出现在眼前，接着是他的身材，他爽朗的笑和说话时习惯双手在胸前比画……父亲就这样没了吗？初晨自然知道死亡是怎么一回事，他七八岁开始意识到人最终是会死的时，就一直对死亡充满了恐惧和排斥。然而那种恐惧其实是他想象出来的，从小到大，他都没经历过亲人的死亡，他的奶奶早在他记事前就过世了，爷爷还健在，外公外婆也都年轻，一些远亲的死，他都因各种原因没参加他们的葬礼，要么是要上学，要么就是出来工作了，也不多，记得是一次还是两次。死亡让他恐惧，死亡也是离他很远的，这种恐惧便多少有了虚伪的成分。

父亲的死，证明了初晨的恐惧是具体的，一点都不虚伪。

高铁票并不好买，春运的票已经提前可以预订，12306网站一直提示系统正忙。他几次都想把手机摔了。他在屋里打转，垃圾桶被他踢到了阳台，地上撒满了一片瓜子壳。就在昨晚，他还悠闲地一边嗑瓜子一边看一部好莱坞新片，那时他怎么又会想到第二天的噩耗呢。或许，他在嗑瓜子看电影时，父亲正在忍受濒死前的痛苦挣扎。他一想起这些，浑身起颤，胸口像是抵着一把螺丝刀，他感觉恶心，要呕吐，又吐不出来。他还没刷牙。

初晨放弃了高铁，他翻出一张长途大巴的名片。刚出来工作那年，小城还没通高铁，他每次回去都是坐私营的长途大巴，兜兜转转，回一趟家要四五个小时。四五个小时确实太漫长了，尤其是在这时候，但他不可能订到上午的高铁票。他打了大巴的电话，最快的一班，刚好是九点。他抬头看墙上的钟，已经八点半了，赶过去刚好，容不得半点拖延。他没刷牙也没洗脸，直接穿好衣服，就出门了。尽管如此，还是差点没赶上，大巴的人打电话来催，说大巴不能在公交站台久停，一会有交警来了，再不快点，车就不等人了。他一路奔跑，倒霉的是，竟然也没见到一辆出租车，或是拉客电瓶车。他边跑边求人家，再等一会，家里有急事，要赶着回去。

他跑到站台时，差点断了气。司机和另外一个男人骂骂咧咧，一车人也在埋怨。

"家里死人啦？急成这样。"

他没听清楚是谁说的。

如果可以打一架，他还真想打一架。不过他打不成了，他哇的一声，吐了起来。

2

父亲是他们那个家族的能人。

初晨作为一个后辈，一直无法明白他们家族的复杂性，当然也是不理解。有一段时间，他还特别反感，每次父亲接到村里打来的电话，说得回去一趟，家里有点事，初晨恨不得回应一句，怎么跟个总理似的，都日理万机了。那时他还在读书，初中，或者高中，反正都一样，那些时日，父亲作为小城交通部门的办公室主任，实际上也兼任了他们村的"村长"。总之，无论大事小事，村里人总要通知一声。父亲那辆二手大众，几乎把所有公里数都耗在了县城与村庄之间那二十公里路上。

以母亲的性格，当然不会出面说父亲。她偶尔也暗示：晨要开家长会呢，或者，樱过生日，想去金厢海边玩。

哦，这样啊。父亲不会断然拒绝，他不是武断的人，甚至于他的语气能让你感到真诚，虽然是无奈的。他接着说，村里的事情很重要，非要叫上我，我看，还是你们去吧。或者，改天。他的态度太好了。母亲没法接话。她这辈子估计都沉醉在了这个男人的温暖话语里，无论什么事情，什么决定，只要父亲一说话，她准是答应的，无条件答应。

初晨则认为父亲不过是想喝酒。

那个村庄，那个父亲时常挂在嘴边，并称之为"家里"的地方，初晨每年至少回去一趟，尤其是过年，那是父亲容不得他任性的事情。村里还住着他的爷爷和小叔子一家。父亲坚持要在"家里"围炉，搬出来二十多年，没落下一年，似乎在他眼里，县城里的这个家，永远是寄住的飘萍。初晨对村庄的陌生倒也不是不喜欢那个地方，那里有山有水，路上随处能见鸡鹅。让他不自在的大概是那里的人，他无法找出准确的言语或者形容词，当他还是个中学生时，他就想，这是另一个世界。他每次看到小叔子那些能像楼梯一样高矮排开的孩子，好几次，他甚至想动手把他们戏剧性地拉在一起。他们长得面目模糊，看不出男女，身上穿的衣服也是混乱的。他的小婶子是个说话带着浓重外地口音的四川人，她大多时候也不能准确地叫出他们各自的名字。

父亲是村庄的贵客，就像一颗石子，父亲砸在了湖的中央。

来请父亲喝酒的人能坐满一屋，他们是父亲的发小，同龄，他们都属龙，他们说起村里那年生了八条龙，就父亲这条龙混得最起色；也有托父亲帮过忙的，或是正有什么事需要父亲出面。父亲的无所不能，似乎正在被他们逐渐夸大。父亲的酒量之好，也同样被他们夸大。

每年单位的例行体检，父亲其实早就知道心脏有问题，有两根血管随时会堵塞，随时会致命。医生的建议很简单，戒烟戒酒，然后手术、开胸、搭桥，至少在医生嘴里说出来是那么的平常果断不容置疑。父亲可受不了。初晨这点是理解父亲的，父亲是处女座，内心深处是个完美主义者，他才不愿意自己的身体像一台有毛病的机器那样被人按在台上修理呢。

　　关键是，父亲还得喝酒，回村里喝，在县城，他那个单位，以及杂七杂八的各种关系，都需要喝。父亲喝酒脸红，越喝越红，越红越能喝。初晨记得去年寒假，妹妹初樱放假回家，突然给初晨打来电话，郑重其事地跟他说，喝酒脸红是中毒的表现，是身体里缺少一种解酒的酶，所以爸爸其实是不能喝的，我们一起劝劝爸爸吧，过年别再喝了。初晨知道初樱肯定是在微信圈里看到的文章，是真是假，他也弄不清楚，无论如何，他也希望父亲别再喝酒。他让初樱先劝劝父亲，父亲听女儿的多过听儿子的。"说了，爸爸不听，爸爸说那是骗人的，他说小叔越喝越青，缺的应该不是酶，而是李子。哈哈。"初樱在电话里急得都快哭了。初樱上大学后，一下长大了，像个能跟他分担事情的姑娘了。

　　是的，父亲和小叔的区别太大，喝酒只是一方面。初晨打小就心里有疑惑，看着他们兄弟一大一小，怎么一点都不像，父亲高大，小叔矮小；性格也各异，如果用一个不算多准确的词来形容父亲，那就是"爽朗"，而用"阴郁"来形容小叔，则再恰当不过了。初晨甚至有点怕小叔。有一年围炉，小叔把一杯酒往父亲脸上浇。那次是因为什么事吵起来的，初晨没记住，他太小了，但那场面他印象可深了。他吓得哭起来，母亲过来抱他离开时，他还以为他们兄弟俩会打起来。没有。父亲继续喝酒。父亲招呼家里人全部坐下，他说："围炉不能围一半。"

父亲从没有跟初晨说起他们兄弟俩的事，他肯定是在刻意回避。说实在话，初晨的兴趣也不大，他不想回去村里，也不想见到小叔和小叔乌泱泱的一家。是母亲告诉他的，母亲大概觉得他足够大了，需要知道一些家里的事。

母亲说："你爸爸和你小叔不是一个父亲生的。"

这又是怎么回事呢？也就是说，他的爷爷，其实不是真正的爷爷。初晨的爷爷早在父亲九岁时就过世了。他现在的爷爷是入赘进来的，好多年后才生下了小叔。这么一来，这个家的历史看似清清楚楚地摆在面前了，其实也是三五句话就能概括的事情。知道真相后，他倒是意识到，爷爷作为一个习惯在墙角沉默的老人，在某些时候确实和小叔挺像的，比如爷爷从来就不是真正疼爱他们兄妹，爷爷对小叔那一大堆孩子，看起来更为关照。这些倒无所谓，反正他们并没生活在一起。更多时候，初晨一家只是那个村里的客人。做客人多好，来去自如，不高兴了也可以断了来往，如果父亲愿意的话。

父亲似乎欠着那一家人什么东西。

3

初晨给初樱打电话，他害怕打这个电话。憋到半路才打。他知道妹妹再怎么赶，也不会比他快到家，她在上海读书，即使坐飞机，也要先在初晨所在的城市降落。他其实可以等着初樱一起回家的。他没这么做，是害怕面对妹妹，一个人或许还能装作什么事都没发生，有个妹妹在身边，他控制不了自己。

您所拨打的电话已关机……妹妹还在飞机上。他想着此刻她是什么样的感受。这小女孩从小就爱哭，父亲最宠的就是她了。父亲说女儿要贵养，要什么就给什么，以后长大了对什么都不稀罕，就不会被外面的臭男人骗了。初晨嘴里不说，心里挺委屈的，偏心就偏心嘛，还找出那么堂而皇之的理由。初晨刚开始上班，晚上在出租屋给母亲打电话，说压力好大，不知道怎么熬下去。母亲在厕所里偷听，怕被父亲听见，没一会，母亲就哭了，说儿子，坚持不了就算了，回来吧，在小城里找个事做。还是被父亲听见了，父亲骂，是不是男人啊，这点苦都受不了。初晨听得清清楚楚。和父亲比，他确实要逊色很多，仿佛他也不是父亲亲生的，有一层不为人知的背景。

这个比他厉害的男人，已经死了。这是事实。

初晨给初樱发了个短信，嘱咐她一路小心。

他抬头看车窗外，高铁在他目所能及的远处横跨田野而过，速度之快，像极了一条会飞的巨蛇。莫名其妙的，他倒庆幸坐了大巴，可以慢一点到家。这个龌龊的想法一浮现，他整个人即陷入了自责。作为父亲的大儿子，他不应该如此畏缩，何况，如今，他已经是家里唯一的男人了。他还是不知如何面对父亲的突然离去，就像他同样不知如何面对自己的成长，这归根结底又是同一个难题。如果非要做一个比较的话，他倒挺羡慕父亲在九岁之年就失去的父亲，那是一个只有记忆没有责任的年龄，父亲完全可以像个无辜的苦难者，既置身其中又可以抽离在外……甚至于，作为一个童年的伤痕，它成了父亲这一辈子最津津乐道的光荣印记，只要父亲说起九岁丧父，以及这么多年来的忍辱和负重，无形中便能获取一股悲壮的力量，一种掌握话语权的资格。

初晨成了没这个资格的人，他倒不是羡慕，当父亲说女儿要贵养时他自然就想到了下一句。父亲表面在说女儿，实际上说的是儿子。这显然是个失败的过程，或者是矛盾的过程，他的酒量理应和父亲一样好，他还得抽烟，嗓子粗犷，他得让父亲看到自己的影子。那也许才是父亲真正想要的，但他没有。作为一个乖儿子，他又让父亲省了不少心。他突然有些明白父亲为什么非要把他带回那个村庄，和那么一些人相处在一起，父亲是在消解自身的矛盾么？

　　大巴下了高速，出了霞湖收费站，等待多时的拉客仔围堵在车门。初晨叫了一辆三轮车，直接去医院。这是他所熟悉的小城，他在这里出生、成长，读幼儿园读小学读中学，他清楚这里的每一条街道，走在街上，随时能遇见同学，甚至于某个喜欢过的女生。此刻他不想遇见任何熟人。他让三轮车师傅开进医院大门。师傅是个中年人，他有点不情愿，医院的门卫老远就比画着禁止入内的手势。他执意要到大院里才下车，他第一次这么坚持，完全不像凡事随和的平时。

　　"家里人出事了？"师傅突然问。

　　他没想到师傅会这么问。

　　他点了点头："我爸爸。"

　　三轮车师傅不顾门卫的阻拦，硬是把车开进了医院大门。

　　他小跑着上县城医院那高高的阶梯，这时才接到妹妹的电话，妹妹说，她已经下机了，正赶着去坐大巴。他让妹妹别急，他已经到家了，凡事有他呢。说出这话时，他的心是虚的，连抓手机的手都在发抖。

　　一抬头，初晨有种眩晕感，医院顶上的红色十字已经亮起了灯，只是灭了一边，看起来便像是某个交通标志。

他脑海里浮现一个红色的大叉。去年父亲催促他去报考驾照，他不想的，工作本来就忙，但还是听了父亲的话，报了名，结果一年学下来，科目二五次机会考了四次，都没通过。他简直快疯了，像是憋着最后一口气，如临深崖，即使走在大街上，看到红色的斜杠和红叉，他都会油然升起一种不适感。如今，这个红色的大叉又像极了父亲一生的结语，这个开了一辈子破大众自认驾驶技术好过驾校教练的男人，终于在这个血红的大叉面前把车子停了下来。

母亲没哭。她在大厅长排的蓝色凳子上坐着，等着儿子的到来。

周围稀稀拉拉坐着几个打吊瓶的人，都侧着脸在看高高挂在墙角的电视。偶尔有医生大声喊某个人的名字，声音之大，足够吓着人。他害怕他们会突然喊出父亲的名字。实际上，一切都已经静止下来了，至少对母亲而言，一切都过去了。她一个人独自坐着，埋着头，紧闭双眼，她的短发刚好遮住了整个脸。她双手握着两边的扶手，看得出用了很大的劲。不用想象都能知道，在初晨回到之前，这里发生过什么。父亲从开始感觉身体不适，到被送进医院，一阵慌乱的抢救，母亲来不及叫上亲朋好友，尽管父亲生前可谓交友甚广。母亲一个人在抢救室外焦急地等待，她随时可能会晕过去，她这辈子从未遇到过这么重大的时刻，大小事情在此之前总是不用她操任何一份心。她一边等，一边给能想起的亲朋打电话，暂时还没敢通知儿女，她觉得再大的事情都会过去，神佛保庇，他会行好运的。大难不死，有后福。算命的都这么说。他会挺过去的，好起来，顶多就是住上几天院，借此机会还能劝他把烟酒都戒了，他也会欣然答应，到时再通知儿女也不迟。她这么慰藉自己。事情会过去的。事情也的确过去了。再大的灾难在医院里都会显得无声无息。医生推门出来，白大褂白口罩，一如既往的冷冰冰，他们不说话，只是摇头。她完全应该大哭大闹的。可是没有，她发觉整个身体都麻木了，不像是自己的身体。她机械地站在原地，泪水在眼里，也没有力量让它们落下来。她不是那种能在公共场合表达情绪的人，一直都是这样的，即使丈夫早上还好端端和她开玩笑下午都死了，她还是做不到。她隔了一会才醒悟过来，遇上大事件了，这个家从此将发生改变，就像她看到过的所有别人家的悲剧——她也正在遭遇。

初晨走过去，他把双手按在母亲的肩膀上。他发觉，他们两人都在发抖。

母亲把头埋进儿子的肚子里，直到这时，她才像个小女孩那样哭了出来。

初晨跪在地上，把母亲抱在怀里。他们抖得更厉害了。所有人都回头看他们，他们不用多加猜测，都知道这一家子正在遭遇什么。

4

初晨不知道，父亲九岁丧父，当年是怎样的场景。父亲哭了吗？从小到大，初晨还真没见过父亲哭，这个男人处处表现出强大，似乎没有任何东西能够击倒他。当然，同样的遭遇，在县城，与在那个偏僻的村庄，显然是不一样的。初晨难以想象，九岁的父亲在丧父之后不到一年，竟然迎来了一个陌生的男人，那个男人名正言顺地代替了死去的爷爷，成为他的养父。如果换作初晨，这是无论如何也没办法接受的事情。在那个村庄，一切荒唐都显得那么正常，那么顺理成章。否则，父亲和他守寡的母亲，又怎么能生存下来呢？

父亲曾带初晨去过爷爷原来的村庄，那是一个更为偏远的地方。父亲开着破大众一路往山区深处开，父亲说，再开下去就是太平洋了。父亲在吓唬他。他那时还小，大概读小学几年级。记忆却是清晰的。父亲的车在与太平洋相隔的最后一座山下停了下来。

"这是你爷爷从小生活的地方。"

父亲并没有告知详情，初晨自然一切都糊里糊涂，他还没大到可以探究真相的年纪。他只是觉得奇怪，为什么爷爷会是另一个地方的人？而相比那海角一隅，紧靠省道的村庄亦可以说成是爷爷心目中外面的世界了。

渔村里还有爷爷残留的一些亲戚，父亲给他们带去礼物和钱。在他们眼里，父亲是个有出息的人。他们握着父亲的手，一个劲地说，恁后爸是个好人，要好好待他。父亲频频点头。

　　二十五年前，父亲带着他的妻子搬到了东海城。那时他的工作干得有起色，领导喜欢，把他调进了县里。这在当时的村庄可是一件轰动的大事，历史上还没有一个年轻人那么有出息，把工作做到了县城里。他们都说父亲去县里当官了。至于是什么官，没有谁能说得清楚，总之就是官，吃政府的，以后村里有什么事，别人不用找，直接找父亲就成了，没有他帮不了的忙、办不成的事。这么多年，父亲也确实做到了，至少没让村里人失望过，无论大事小事，只要是他们求过来的，跑一趟县城，或者直接一个电话，父亲都得放下手头的事，尽其所能，办得体体面面，妥妥当当。

　　稍稍懂事后，初晨对父亲的做法表示过质疑。当然，他没敢当父亲的面说。

　　"要不是欠着人家的，为什么要这么卖命？"

　　他跟母亲说过这话。

　　不料母亲却说："你爸就是觉得欠了人家东西，他这辈子是还债来的。"

　　母亲话里平静，他听着却似乎有另一层的意思。他希望母亲能继续说下去，关于父亲与那个村庄，与村庄里还生活着的一对父子，那些盘根错节的关系，也只有作为旁观者的母亲最为清楚了。大概还是觉得他那时还小，不能理解一个家族的复杂性，母亲只是把话说一半。她也有顾忌，毕竟父亲不愿意她有妇人之见，尤其是当掺和了妇人之见的叙述被当作密料暴露给下一代。

三年前，家里发生了一件大事，这事足以让他们一家蒙羞。

那年初晨大四实习，暑假回家，才发现，家里乱成一团。小叔出事了。还是来自那个村庄的事情，只是这次不太一样，出事的是父亲的弟弟，同母异父的弟弟，那个阴郁的矮个子男人。他的出事其实一点都不出初晨的意料，早有耳闻他一直不务正业。电话是小婶打来的，一通就哭个没完，说她家男人被警察带走了，要大伯无论如何得把人捞出来，最好是立刻、马上，要是在警局过一夜，就小叔那样的身板，不死也会残的……说得好像警局就是父亲开的，说放就能放。小婶说完，爷爷又接过电话，说的是同样的话。

遇上这样的事，父亲比谁都紧张，他得搞清楚小叔为什么被抓。父亲联系了警局的朋友，才知道，弟弟在省道缉毒队设下的关卡上被查出冰毒一千克。小叔涉嫌运毒，铁证如山。别说父亲没办法把小叔捞出来，照一千克的毒品，足以枪毙小叔两次了。那个暑假，初晨过得十分恼火，凭什么他家惹出的事情，要父亲来擦屁股。

谁也没想到，小叔会参与运毒，这对他们一家，都是个绕不过去的污点。以前父亲无论为村里的亲戚朋友干什么，都是他权力范围能掌控的事，至少不会触犯法律，即便请个客，送点礼，在讲究人情世故的县城里，也算正常范围的事。可当父亲为了一个运毒的弟弟去东奔西走时，他的形象便多少有些尴尬。要命的是，他就是再拼命，小叔也难逃被判刑的下场。父亲使了多大的劲，小叔才没被送往其他地方，只要小叔还在县城，父亲至少能保证他少受点苦痛。接下来的日子，父亲请律师，为小叔做减刑辩护，死刑倒是避免了，最终小叔被判了十年。这已经是个很好的结局，然而爷爷，包括小婶，却为此怀疑起了父亲的能力。他们觉得父亲没有尽力，父亲是故意送小叔去坐牢的，他们的关系一直不好，从小叔一出生，他们就不好，他们虽是同一个母亲所生，却各有不同的父亲。初晨第一次看见爷爷和小婶把一家大小拉扯到了县城，像一群上访户驻扎在客厅里，大声哭闹。初晨实在看不下去了，他要赶他们，让他们都滚远点，他和他一家早就受够了。然而初晨刚要开口，就被父亲狠狠扇了一耳光。父亲说，你滚一边去，这是我们的家事，跟你无关。是的，是父亲说的，跟初晨无关，那是他们的家事。

与小婶的哭闹不同，爷爷的控诉却振振有词。

"我知道，你和我一样，说到底都是为了这个家，我想，忘恩负义、过桥抽板的事不是你能做得出来的。这么些年，你过得怎么样，你弟过得怎么样，你也是清楚的。你也可以怪他命不好，至少命没你好。但是，好歹是一家人，别说要坐十年牢，就是一年，他这一家大小不是要饿死给你看……"

父亲没说一句话，他沉默着，像一头已经被驯服的狮子。

5

三年来，父亲每个礼拜都要回村里一趟。

有一双手同时按在初晨和母亲的肩上。初晨这才站起来，身边站着的是父亲生前的朋友，他们兄妹俩都叫他黎叔。黎叔是第一时间赶到医院的，母亲打了他的电话，他立马就赶了过来。家里离医院也不过十里路，像是一根绳子上不同的结，如果村庄算一个，医院只是另一个，父亲过于自信了，他以为这辈子能轻易地绕过医院，即使是来自医院的警告，他也没当回事，就像初晨小时候，有个感冒发热，母亲说带去医院看下吧，别烧坏了脑子，父亲总是说，医院那地方没病的人去了也会一身病。父亲对医院的厌恶在某些时候成了推卸责任的表现。

父亲想不到，他最终会死在医院里。如果人真的有灵魂的话，他的灵魂也会一直飘浮在这嘈杂的弥漫着消毒水味道的空间里，这对父亲来说肯定是一件很懊恼的事情。好吧，在死亡面前人总是无力的。初晨回头望向苍白的走廊，他的眼镜被泪水打湿了，迷蒙一片，仿佛父亲的灵魂就站在走廊的那一头，正与儿子遥相对望。父亲在叫他。他听不到。初晨叫了一声"爸"，声音也似乎被卡在喉咙里发不出来。迷蒙一片逐渐清晰起来，走过来的是几个中年男人，他们是父亲的同事和好友，他们因为长期和父亲相处，举手投足间都有父亲的影子。他们走过来，竟像是好几个"父亲"正在走来，或者，父亲就混迹在他们中间，跟往日一样，他们一边抽烟一边去马街寻地方喝酒，喝得醉醺醺的，他们东倒西歪，回到家里，在客厅里还因为某个话题吵得家人没法睡觉。那时候的他们让初晨十分反感，他发誓长大了千万不要成为这样的大人。

　　离开县城五六年了，异地的新鲜感，终于以一种成熟的方式脱离古旧而熟腻的小城，其兴奋在某种程度上冲淡了工作的繁琐；比起一个地方因陌生而产生的焦虑，初晨更讨厌那种过于熟悉的慵懒。他每个周末都会给家里打电话，像是某种仪式感。他选择的时间也足够准确，晚上八九点，那时候父亲不可能在家，那是他在酒国称雄的时段。接电话的总是母亲，这是初晨故意的，倒也不是讨厌父亲，只是父子之间找不到可以交流的切入口，不像母亲，即使没话讲，彼此沉默，也不显尴尬。有一次，初晨突然接到父亲的电话，这让他如临大敌，握着颤动的手机迟迟不敢接听。他能从父亲的话里听出故作的轻松，像是彼此面对面坐在酒桌上，说话不需要任何铺垫——"我跟你说啊，刚才你黎叔说了一句经典的话。你黎叔说，咱们人啊，只要是有孔的地方，就有屎，鼻孔有鼻屎耳孔有耳屎……是不是啊？我在你黎叔的基础上补充说，有孔的地方都是臭的，你说对不对？哈哈，你读这么多书发现过这个问题没有？"还没等初晨反应过来，父亲已经在电话那边笑得喘不过气了。初晨闹不明白父亲是什么意思，为什么突然打电话跟他说这些。实际上，这些话让他听来有些尴尬，难免有更隐晦的联想。父亲其实应该庆幸有个儿子可以开这样的玩笑，同样的话题，父亲就不可能跟初樱讲。尽管初晨略感突兀，挂下电话那一刻，他还是有种舒适感，毕竟，父亲当他是大人了，他们作为父子可能没什么可交流，作为男人，却有无限的广阔空间。

黎叔说："事情已经发生了，想太多也没用，我们商量一下，怎么把老初的后事办了。老初是个好人，他不应该这样的……"

初晨点点头，此刻他应该感激，父亲走了，毕竟还留下这么一帮朋友，愿意出头出面。

他看着黎叔他们一伙人聚在一起，只是这中间少了一个父亲。

初晨觉得这事过于残忍了。

黎叔回头招了下手。他们不敢说一句多余的话，他们把初晨领到门外。他跟着他们走出去时，感觉自己代替父亲成了他们中间的一员。这种错觉让初晨有点不适。他在他们眼里还是个孩子，如果不是因为父亲去世，他不会和他们站在一起。他曾在心里反感过他们，却也得恭恭敬敬地叫他们叔伯，和他们无论是见面还是对话，他都会紧张。

其中一个派了一圈烟，竟然也给了初晨一根。他们商量着下一步该怎么办。每人都抽着烟，只有初晨把烟拿在手里，他没火，身边有人帮他点上，他也跟着抽了起来，第一口就被呛到了，咳个不停。

他们每人都在跟他确认一件事：你爸是个好人，可他已经死了——再好的人也会死。

是的，他们希望他足够坚强，足够清醒，还有母亲和赶在路上的妹妹，需要他照顾。

"你妹妹什么时候到？"

"她刚下飞机，可能得到晚上。"他拿出手机想再次打电话。

他们阻止了他。

"别打了，等她回来。"

他们比他想得周到。他们都是大人，他们在这个县城里都不是普通人，父亲生前无论遇到什么事，求到他们其中一个，必定可以帮到父亲。他们是父亲拖家带口到县城并且能在县城扎下根的土壤。也许在某种程度上，父亲也是他们的一块土壤。这没什么奇怪，小城里聚集的不都是这样的群体吗？初晨反感过这种群体营造出来的带有县城庸俗味道的生活，如街道饭店浇出来的脏水，撕破喉咙廉价的吆喝——初晨都惶然避之。可这个时候，这块熟悉的地方还是让他感觉踏实，某种依赖感便悄无声息地爬了上来。

他假设，如果父亲没有这帮朋友——这个假设当然是不成立的，只是万一——那个村子里还有他的亲人吗？除了那已经老去的爷爷，不知在什么地方坐牢的小叔，还有小叔那一家子，他想不出更多的面孔。

"家里人知道了吧？"

"他家里人的意思还是要运回去，说是落叶归根。我觉得也得听听你的意思。"黎叔看着初晨，"你可以做决定了。单位这边的规定也是很清楚的，即使运回去，办了葬礼，也得火化，否则后面申请抚恤金会很麻烦。人都死了，其实怎么样都无所谓。你爷爷还说，运回去时得打个氧气，做做样子，村里有风俗，已经在外面死了的人不可以回村办丧。妈的，什么狗屁风俗啊，都什么年代了。不过你爷爷很伤心，他也想不到你爸会走得这么突然。我不便在电话里再跟他说什么。不过，打个氧气也简单，跟医生说一声就好了，咱也不为难老人家。"

初晨不知道说什么好，他也是第一次知道那个村庄还有这样的风俗。他突然有些气愤，到头来，父亲到死，竟连回去的资格都是被剥夺的。

"能不能不回去？"他也是这样一说，大家不是都等着他的意思嘛。他的意思其实也简单，他不想送父亲回去。他不想面对那个村里的人，无论是亲人，还是其他那些他不认识的。父亲已经离开那里几十年了，真要说落叶归根，小城也算是他们一家的根了。

他们都沉默，继续抽烟。

"还是回去吧。"黎叔说，"这也是你妈的意思。"

6

一条漯河把县城一分为二。

工作后，初晨有几次出差的机会，去过几个小城市。无一例外的，小城市都是一样的格局，更为惊奇的是，他发现每个小城市都有一条河穿城而过。当然，河流名字各异，就像每个小城的名字也各异。每到一个地方，初晨都有似曾相识的感觉，这种体验让他心绪复杂，有久别重逢的暗喜，自然也有大同小异的失落。他还是喜欢大城市多一点，如他工作的地方，国际大都市，光看这五个字，都能让他心旷神怡。大概每个小县城出来的孩子都有类似的想法。这也是他和父亲不同之处，父亲之所以一辈子愿意缩在县城里，一份固定的工作是原因，更大的原因呢，初晨想，也是父亲从小生活在村里，离开村庄，县城对他来说就是一个大城市。

初晨记得，上中学之前，他们家租住在漯河以南一个菜市场旁边，那时家里时刻充斥着鸡鸭的粪便味。父亲每天骑着单车载他们兄妹俩去漯河以北的红卫小学读书，他们得穿过闹哄哄的菜市场，再跨过迎仙桥——那时迎仙桥还没重修，还是原先的石墩桥，古旧，破败，坑坑洼洼。每次过桥，父亲总是故意把单车骑得摇摇晃晃，然后吓他们："哦，桥要塌了。"妹妹坐在里面咯咯笑，她说塌就塌呗反正有你们两个保护我。和初樱不同，初晨却对此十分紧张，他真感觉桥会塌，每次过桥，他都不敢正眼去看桥下的漯河。那时的漯河水至少比现在清澈，沿河下去，能看到河堤石阶上有成排的洗衣和垂钓的队伍。初晨希望父亲能快点通过桥面。父亲却沉浸在初樱的笑声里，有时还故意停下来，像是真的要等桥塌了才满意。

迎仙桥后来真塌了，塌于一场持续一个多月的大雨，雨水聚成了洪水，把漯河淹没了，包括漯河两边的房屋。初晨从他家三楼的窗户看出去，像是看到一片乌泱泱的海，他在大水里寻找迎仙桥的位置，感觉是一件蛮难的事情。大水很快就把一楼淹了。父亲急匆匆从单位赶回家，他一进门就喊着快跑，他说金鸡酒店也塌了。他们一家，当然还有别的人家，都从三楼的窗户顺着绳子落到后面的山坡上。那次惊险的逃难经历让初晨印象深刻，他感觉整个县城都会被淹掉，就像淹掉一座桥那么简单。好几个夜晚，他们都在人民广场过夜，好多人，广场里搭满了帆布棚，场面的壮观倒让悲剧有了欢乐的一面。初晨想不明白其他地方都淹了，怎么人民广场没事。这当然是他小时候的想法，现在他知道了——整个县城其实就分布在一片坑坑洼洼的山地上，置身其中的人永远看不到事物的全貌，只有从高处往下看时，才知道，原来有些东西从一开始就占据了高地。

上了初中后，初晨一家有了自己的家。2002年，初晨记得很清楚，这一年，父亲在城东按揭买下一套大房子。那是小城第一个楼盘，有十八层高，刚好又建在一片高地上，从远处看，倒像是县城里长出了一根电线杆那样怪异的东西。父亲就买在十八层，谁都表示不理解，包括他那些朋友，还有初晨的母亲。县城人喜欢买地建房，建个几层，有属于自家的院子，花下来的钱也不比商品房贵多少。父亲突然花钱买个位于十八层的楼房，其固执可想而知。况且，由于买的人家不多，那栋楼房显得寂静，尤其是十八层，好多年，就住着他们仅有的一家。

这下东海城就算下一年的雨，也淹不到我们家了。这是父亲聊以自慰的一句话。

也确实，哪怕是海水上涨淹了全城，这高居十八层的家也是最后被淹的。初晨每天晚上最喜欢干的事，就是趴在阳台上，俯瞰小城全貌。初晨就读的学校叫龙山中学，整个学校就建在一座小山上，位置已经很高，不过从阳台望过去，它还像是趴在脚下。这种感觉很舒服。作为全城住得最高的人家，初晨一直很自豪，当他跟同学们说起各自的家时，他不用像其他同学那样费劲地说出哪条街哪个巷子几号门牌，他直接仰头，用手一指：呐，就在那里，最高那一层。如果是晚上，楼上唯一的灯火，看起来就更加温暖了。同学们无不用羡慕的口气，哇哇地叫。这种优越感让他自豪了很多年，以至于最后，他还觉得，父亲当初的选择，纯粹是为了他那么豪迈一指。

一直到初晨上大学，县城里还没有更高的楼房建起来。这是一个发展缓慢得像是得了慢性病的地方，当初究竟是谁心血来潮建了那么一栋高楼称霸小城多年，看起来便多少是一时冲动的意气用事。当然，后来的初晨，当被问起家住哪里时，他再也不会幼稚地指向那户孤独的人家了。就像那座被大水冲垮的迎仙桥，这栋高楼也同样会在某个时光里倒掉。由此可见，父亲当年的选择也和那个开发商一样，纯属一时冲动，固执有固执的好，也欠长远的思考。

高考失利。一连发了几天烧，初晨的分数只够上二本大学，他擅自选了金融专业，也没人提出反对意见。大学在省城广州，离家不是很远，这让他略为失望。他是想远走高飞的，去外省，天津、北京，甚至东北，冬天能见到雪的地方；如是硬要前往，也是可以的，但他最后还是妥协了。他从小成绩都不错，就算是在被誉为"小城北大"的龙山中学，他也是佼佼者，最后却考了那样的成绩，感觉挺丢人。基于此，他至今都没怎么敢跟学校的老师联系，包括中学同学，一年一度的校园同学会，他也没参加过一次，几乎断了来往。一年后，同样是龙山中学的初樱却以高分考进了上海复旦，得到了学校的表彰，上台戴了大红花。父亲作为家长代表，也做了如何做好家庭教育的讲话。这点小事难不倒父亲，初晨不在现场也能想象父亲的滔滔不绝与洋洋得意。父亲深觉脸上有光，他没白疼了女儿。这些初晨能嫉妒吗？他当然是嫉妒的，他本可以站上领奖台，为初家争光的。他怎么就那么倒霉呢，偏偏在关键时候发烧，他至今仍记得当时在考场上的痛苦，其间甚至晕死过一次，等他醒来时，时间已经差不多了。监考老师还以为他睡着了，看他的眼神满是不屑和鄙夷。无论怎么样，曾经的优秀只为了那一刻，那一刻不行，再优秀是不是都等于零？是的，就等于零。

那是他过得最漫长的暑假，只要录取通知书一到，他就远走高飞。他一刻都不想在家里多呆了。父亲倒是没心没肺，开始计划接爷爷来家里住了，只因为初晨一走，能空出一个房间。初晨能说什么呢？他总不能自私到人不在家，还要求家人把他的房间原貌保存吧，就等着他回来住。他想，反正是要走的，房间在不在，住着谁又有什么关系呢？但父亲的操之过急还是让他伤透了心，只是他没说，谁也不会知道。这么想来，他有过太多事情藏在心里没人知道了，身体简直就是个秘密的储藏室，有些事情藏了多年，突然捞起，竟然还面目崭新。

接爷爷来县城倒是父亲多年的愿望。村里的家早就被小叔一家塞得满满的。爷爷似乎又离不开小叔一家，或者说，是小叔一家离不开爷爷。爷爷那时还不至于太老，他曾是个不错的乡间草药师，用田头的根根草草能医治各种疑难杂症。这身本领是七十年代爷爷当道班班长时跟一位老师傅学的。爷爷平时以此赚点钱，除了抽点烟卷，剩下肯定都补贴到了小叔一家里去。因各种理由，接爷爷来县城的事也就一拖再拖，借着初晨去外地读书之机，他也就不再坚持。然而爷爷并没有在县城住多久，好像有一年，或者更久一些，初晨不太清楚，他又不在家，具体是因为什么，爷爷又回到了那个村里，他也不得而知。据说是吵过架的——家里人没讲，初晨也没兴趣打听。对此，他实在不感兴趣。

7

晚上九点，初樱才赶到医院。

第一眼，初晨竟认不出来。是啊，兄妹俩快一年没见了，去年春节过后，他就没回过家，而她暑假跟同学去了西藏，其间她在微信朋友圈发了不少照片，藏地风情，无非也是牦牛、经幡、寺院、戈壁蓝天白云湖面……网络上随处可见。他已经越来越不稀罕了。初樱怪他，怎么一个赞都不点，是不是谈女朋友了？为了证明自己没谈女朋友，他还得回过去，给她一个个点了赞。他那时觉得妹妹还是个小女孩的样子。如今乍一看，眼前的女孩已经是个大姑娘。她的举手投足，眉宇间，竟透着一股高贵的持重，毕竟在上海生活了几年，已经很干净地去除掉了小县城遗留在她身上的气味和仪态。她走过去和母亲抱了一下，回头又拉了拉哥哥的手，然后才一一和在座的叔伯们打招呼，她说："我家里发生这么大的事，全靠各位叔叔伯伯关心和帮助了。"从态度到言语，她滴水不漏。"应该的，和老初这么多年了，应该的，你爸是个好人，你们都长大了，可惜他再也看不见了。"他们显然对妹妹的表现很满意，所谓的"你们都长大了"，具体应该也是指初樱长大了。是的，初晨没办法在众人面前表现得如此得体。

母亲为父亲换好了衣裳。当父亲躺在担架车上罩着氧气罩打着点滴被众人推上救护车时，谁也看不出这已经是一个死去的人。初晨和初樱走上前，各自握住了父亲一只手。"爸爸。"他们同时叫道。母亲在后面又哭软在了地上。初樱过去搀扶母亲时，初晨在那一瞬间也想放开父亲的手。他竟然有些害怕，握在手里的手有一种怪异的冰冷，这是他从未体验过的。这只手当然是父亲的，只是此刻，它似乎又不是父亲的了。初晨终究没有那么做，一直到救护车开上省道，他依然握着，像是一种固执的坚持，他逼着自己去面对。跟着救护车走的，除了他们一家，还有黎叔，其他人都开车尾随其后。救护车自然是花了钱雇请的。

连通村庄与县城的省道初晨走过多回，每次都是坐父亲的车，路两边的木麻黄树砍了又长长了又砍，这道路在他眼里便也是一会陌生一会熟悉。走夜路，还是第一次，救护车上除了后面两个小窗口，没有任何地方可以看见外面，这是一个让人压抑的空间。他们四个人，一边坐两个，中间躺着死去的父亲，他已经不会再说一句话了。除了母亲的哭泣，妹妹安慰的声音，他们中谁也没说话，就好像，大家坐在一起，等着父亲来起一个话题，这是他生前最愿意干的事情，朋友们都公认他话最多也最能说。好像他不开口，没有谁会开口。那就这么沉默下去吧。初晨总是在某些时刻，突然感觉到父亲手在抽动，他心里一紧，同时也提醒自己，是幻觉，或者，只是路陡，车子在摇晃。

路途变得漫长，时间也变得无休无止，唯有空间是具体的，这具体的空间如飘浮在空中，或者水面上，像是被某个人抓在手里翻玩。空间在一点点变小，变窄，变畸形，变得透不过气……初晨再也忍受不住了，他挣扎着想要站起来，却感觉被父亲拽住了手，他在努力挣脱父亲，又发现自己突然一点力气也没有，像是在梦里，他被怪物追杀，却怎么也跑不快，如电影被摁了慢播键。哇的一声，初晨把涌上喉咙的秽物都吐在了父亲身上。大家都被这一幕吓蒙了，看着初晨，以及死者身上那一摊冒着酸气的呕吐物。

"怎么啦这是？"母亲探过身子来抚初晨的头。

"没事。我只是晕车。"初晨说，"我把父亲弄脏了，怎么办？"

"这么大的人了，怎么坐个车还晕车啊？"妹妹明显不高兴。

"我又不是故意的，你以为我想啊？"初晨觉得不应该吵起来，"算了，都怪我，怪我。"

确实不应该。初晨小时候有晕车的坏毛病，这点和全家人都不一样，就连柔弱的母亲，也从来不晕车。长大后，这个毛病其实已经好了，至少不怕坐车了。父亲觉得是他的功劳。父亲刚买那辆二手大众时，总喜欢带着初晨和初樱到处去，还故意把车开得凶猛。每次见初晨一脸苍白捂着嘴巴想呕吐，他们父女俩都开心得要命，做好看洋相的准备。初晨也是为了争口气，慢慢地，一次次下来，竟然就好了。父亲说，你看，凡事不就是练出来的吗。

父亲总能为自己的所作所为找到堂皇的说辞。

如果躺在救护车中间的父亲此刻还能讲话，他大概也会说出一番话来解释自己的死。无一例外地，只要是坐下来听他把话讲完的，几乎没有不被他说服的——当然也有例外，这个他即将落叶归根的村庄，这里有他离不开的亲人，而有些话，放在亲人间是失效的，如同一滴水滴在烧红的铁板上。

第二天，父亲才被正式宣告死亡。

宣告死亡的方式其实挺简单，只要一家大小集体哭吼，作为一种信号散发出去，便是死亡的信息。这也是这个村庄的习俗。也就是说，初晨一家得在约好的时间段里哭出来，类似某种表演。这让初晨感觉比哭还难受。父亲的尸体就停放在大厅中央，盖着棉被的尸体看起来完全跟父亲生前的身体匹配不上，那是父亲吗？似乎也值得怀疑。显然，时间已经让父亲呈现出死相，他的脸孔不再红晕，也不仅是苍白，一种透着紫色的苍白，使之有股诡异的气息。初晨不敢去看父亲的脸。除了母亲，谁也没敢过去看那张死亡多时的脸。爷爷病倒在房间里，他的两个儿子，都以不同的方式离开了他；小婶与她的孩子们却始终像外人一样站在一边。小婶已经不止一次跟家人说起，她这次不能为大伯戴孝。至于是什么原因，她独自在一边以旁人听不清的声音在述说，谁也没工夫去关心她的说辞。

父亲的葬礼如期举行。几乎全村人都出来为他送行，他生平的朋友，那些帮过忙的、喝过酒的、吹过牛的……都到了。除了少数，多数都是初晨不认识的。也就是说，初晨作为父亲的儿子，实际上所能接触和了解的只是父亲极其微小的一部分。来人无不表示惋惜，他们说起父亲的好，说他还年轻，也确实年轻，才五十二岁，实际上父亲比他的年龄还要年轻一点，人们都说他看起来像是四十来岁。他挂在灵堂中央的遗照，西装笔挺，毛发抖擞，英姿飒爽，那是他的工作照。他微笑着面对众人，像是对自己的生命早就有了预知。

葬礼的程序繁琐而难堪，这些倒不必初晨操心，他只须当一个配合者，村里有专门的团队负责丧葬。然而，一个父亲的葬礼上，儿子得是主角，没有儿子的父辈葬礼是失败且不完整的，这也是这个地方的人为什么非要生个男孩的原因，他们最热切期望的，倒不是生儿养老，而是到死的那一天，葬礼之上，不至于留下遗憾和讥讽。这个地方的人，死后事总比生前事重要。初晨庆幸自己不再是这个地方的人了，而父亲的死，将使他从此和这个地方没有任何关系，与其说是父亲的葬礼，倒也可以说成是他们一家与这里断绝的仪式。

当棺椁被抬出村子时，初晨竟有如释重负感。他站起来，照师公的安排捧着香炉走在队伍的最前头。母亲和妹妹尾随棺椁而哭，这也是必要程序；小婶子果然说到做到，她并没有靠近棺椁一步。队伍出了村子，他们在省道上停了下来，一辆火葬场的面包车早就停在路边，等着运走尸体。葬礼主持者手持喇叭大喊：亲友止步，家人叩谢。于是所有亲友纷纷靠边站着，像是事先经过排练。初晨第一次经历亲人的死，也是第一次亲历葬礼的始终，他总是来不及做出适当的反应，师公一脚踢在他的膝盖上，他差点摔倒在地，手里的香炉并不轻巧，况且烟雾已经好几次把他熏得双眼睁不开了。他得跪下来。他必须是第一个跪下来叩谢亲友的人，他成了这个家里最大的人物，父亲的死把他推到了这么一个位置上。母亲、妹妹、小婶们才相继跪下，谢别亲友。三叩首后，初晨看着所有送行的人都返回了。省道上只剩下他们一家，随着面包车去往镇上的火葬场。

8

三年前，小叔刚被判下来时，是十年，也就是说，如果他在里面安分守己，再过七年，就可以出来了。七年说长长，说短也是转瞬间的事。这是父亲尽了最大努力的结果。让父亲想不到的是，第二年临近春节，趁着一场联欢，小叔越狱了，因为越狱，他还打残了一名狱警。当然他没能逃出多远，在监狱附近的一个小山林里，他折了腿，很快就被逮住了。这事当时闹得很大，都上了电视。最终的结果，小叔改判无期，也就是说，如果没什么意外，他再也别想出来了。小婶就是在这时候开始动摇的，也难怪她动摇，再等七年可以，等一辈子的事就不是谁都可以做到的了。小婶想把孩子一分为二，一半留给初家，一半自己带走，从此两不相欠。这个精明的女人还真把数算好了，她向家人毅然摊牌。父亲当然不允许这样的事情在家里发生。他阻止了小婶的念头，他有威严做出决定，小叔坐牢后，他们一家吃的喝的穿的，哪一样不是父亲提供的。父亲倒不是居功，他也是为了维护一个家庭的完整。他试图说服小婶。实际上，父亲同样说服不了自己，他说过，要是哪一天他死了，或者也被判了无期，他同样不希望母亲为他守寡终生。父亲又说，你妈妈却肯定会为我守寡终生的，她这么好的女人，从我们结婚那天起，我就知道，我们不可能分开，除非是谁早一天先死了。说到底，还是你小婶不够爱你小叔。这也是没办法的事。不过，我在一天，就得留住她一天。

母亲跟初晨说过，你爸太好强，有些事他其实不该管，也不便插手。

初晨那时喜欢公司一个会计师，他长那么大第一次因为喜欢一个人而痛苦。高中时，他也暗恋过女同学，甚至是年轻的英语老师，都是浅尝辄止，或许都不算暗恋，只是异性之间的吸引。年龄让他有了喜欢就想拥有的欲望，他看着她的微信自拍照手淫，只要见她与别的男人说话就生起一股浓重的醋意……初晨感觉长大后的自己确实有些可怕。每天晚上，他在租来的城中村十几平方的空间，除了上网看电影，他不知道还可以做什么，入睡之前的手淫倒成了他乐此不疲的仪式，无论是看 AV，或是满脑子意淫，他都能在这个过程中达到高潮，当他双脚抻直，感觉一股热量从他身体之内喷射而出时，他的脸部通常会因为高度兴奋而呈现扭曲的形状。他十分厌恶。如果有人把过程拍摄下来，那一定非常丑陋。他一直沉浸在欢愉过后的沮丧中，直到入睡。

他做梦也想不到，会计师同事会在微信里约他。她说她在步行街喝醉了，能过来送下吗？他在屋里看着微信足足发了五分钟的呆，才回过去——你确定要找的人是我吗？他的手指都在发抖。他以为她发错了，像她那样优秀的女孩身边一定不缺男人。她马上回了过来："没错，就是你，初晨小弟。"这就对了，他跑下楼，叫了优步，直奔步行街而去。

她确实是喝了酒，却没像微信上说的需要人送的地步，甚至，她还十分清醒。当天晚上，他们在步行街的 7 天酒店开了房，上了床。从某种意义上说，是她把他给上了。但他一直认为，他终于把她拥有了，即便是以后想着她手淫，也有了实影参照，而不只是凭空想象。没多久，她就辞职了。有一天他发现她把他的微信删了，于是他也只能删了她。从此他们没再联系，他也没像电影里的爱情那样丧心病狂。他十分平静。他只记得那晚完事后，无话可说，他跟她说起了小婶的事，问她，如果是你，你会怎么做？她抽着万宝路薄荷烟，咬牙切齿："你们也太自私了吧，都什么年代了。要是我，别说无期，就是一年，老娘也等不了。"

9

整理父亲的遗物时，初晨在父亲的抽屉里发现了一把笛子。笛子已经旧得不像样，到处缠满了白胶布。父亲还会吹笛子。这件事初晨早就忘了。

"爸爸的笛子还在。"初晨说。

这个家里，除了父亲的遗像和骨灰，还有一把笛子，证明了父亲的存在。

"你们还记得你爸最喜欢吹什么曲子吗？"

"《洪湖赤卫队》。"兄妹俩几乎异口同声。

这么一想起来，已经是很久远的事情。以至于现在，初晨都没办法把父亲的形象和一把笛子联系在一起。他的那些朋友大概也都不知道，老初除了喝酒吹牛，还会吹笛子呢。要是生前，他们肯定得揶揄他一顿。

父亲年轻时长得周正，像他的亲生父亲，那个已经死去多年的初晨没见过的亲爷爷。有一年，村里请了潮汕的戏团来唱戏，唱的是《薛仁贵围困白虎关》，父亲也就十几岁，便偷偷溜进戏棚看戏子画脸。也是鬼使神差，父亲被误以为是戏团的人，慌乱中，竟然被装扮成一名兵卒，匆匆就上了台。一场戏演下来，父亲镇定自如，真把自己当戏子了。这件事后来被戏团的人知道了，戏爹觉得父亲是块料子，想带他走，便找到爷爷，爷爷爽快地答应了。直到父亲跟着戏团走了两天，爷爷才跟奶奶说实情。奶奶大哭，她听说过戏团的苦，不是有句俗话说：好儿不学戏，好子不上门。奶奶觉得爷爷那么做是因为父亲不是他的亲生子。奶奶想把儿子要回来，不过已经没办法了，谁也不知道戏团去了哪里。半年后，父亲却一个人回来了。父亲说，他是逃回来的，戏团确实苦，怕人长身体，不给吃饭也不给洗澡，每人备个竹筒，一把黄豆落下去，竹筒能接多少就是一天的口粮。父亲趁着酬神演戏，扮成观众偷偷溜了出来，步行了差不多半个月才找回村子。父亲戏没学成，倒是学会了吹笛。然而父亲一直把吹笛当作秘密，他将笛子和那一段戏团生涯联系在了一起，出示笛子实际上也是在出示那段失败的旅程。那是父亲不愿意提及的，即使说起，也会故作轻松，像是他人生一段可有可无的插曲。实际上，那次挫败对他的伤害很大，他从此在爷爷面前便是以一个逃兵的失败者形象出现，这在那个重新组合的家庭里是一件足以让他抬不起头的事情。

　　十二岁的父亲当然知道爷爷之所以答应戏团的目的。一个家庭，要剔除唯一的外人，这个外人无疑便是父亲。爷爷作为道班班长，按村里人的说法，是吃政府的，他自然不会明目张胆与父亲作对，悄无声息地让他随着戏团走无疑便是最好的办法，无论能否学成，最后的结果都是，他必将离那个家越来越远。那时奶奶还没有生下小叔，事实上，好多年里，他们都因为没有怀上孩子而郁郁寡欢。那些年，父亲一直生活在对自身幸运的愧疚里，就像逃过一劫的人无法面对不得不面对的"仇人"。父亲唯有加倍努力和听话，来获取家人的信任，他不奢求爷爷的喜欢，只希望别在半夜被掐死，或者被再次驱逐。父亲心怀戒备，一年又一年，他并不知道，自己已经长到足以让爷爷畏惧的地步。突然有一天，父亲发现他高出了爷爷一个头，胳膊也由于长期的劳作，看起来比爷爷的大腿还要粗。爷爷作为道班领导，倒是越来越文弱，越来越没了威严。他开始巴结父亲，一家人坐下来吃饭时，他会为父亲倒上一杯酒；饭后，也习惯性地给父亲丢过去一根烟。让父亲觉得意外的是，爷爷竟然带父亲去了省道道班，在爷爷那狭小的面向湖水的办公室里，看他怎么安排一天的工作。那时省道扩修，内湖至览表几十公里的路段，爷爷算是个不大不小的领导。父亲第一次羡慕起爷爷在工作上拥有权力的魅力。爷爷与村里人的区别恰恰也是工作上的区别。父亲后来一直跟初晨说，读书也好，勤力做事也好，其实都是为了有一个好工作，工作的区别就是人的区别，一个农民再成功也是个农民，一个木匠再厉害还是个木匠，而一个道班班长再无能他还是一个道班班长，他行使权力时的魅力是一个农民和木匠所不能比拟的——父亲第一次意识到工作的重要性，与此同时，他也舒了口气，从此，他不再提心吊胆。爷爷那时大概也不抱希望了，他以为自己不会有亲生孩子了。

母亲把父亲的笛子捧在手里，像是捧着一件宝贝。

母亲说，最近这几年，你们都不在家里，他每天晚上睡觉前都要爬上楼顶去吹一会笛子。他说他越吹越好了，如果当年不是因为熬不住饿逃跑了，他即使当不成戏子，也可以当个乐手。他是个聪明人，学什么都不费劲。这倒是真的，小时候，初晨看中邻居的玩具，没过几天，父亲总能照着样子做出一个来。

初晨想象着父亲站在全城最高的顶楼上吹笛的模样，他孤身一人，吹的曲子还是《洪湖赤卫队》吗？他是否边吹边回想这坎坷的一生是怎么走过来的？他偷偷落了泪？之所以到楼顶，大概也是为了避开母亲。他们这一家子谁都没见父亲哭过，印象中，这是一个不会哭的男人。初晨对父亲的笛子吹得越来越好是怀疑的，当然，他完全可以自认为吹得好，即使再好，在那些深夜，一个楼顶上吹笛子的人，想想都十分诡异。

是的，有人投诉到管理处去了。母亲说，管理处的人来说过几次，他们想不明白他怎么拿到了上楼顶的钥匙。他却否认自己在深夜上楼顶吹笛子，他说，门是锁着的，我怎么上去呢？他说得理直气壮，管理处的人最后还道了歉，说可能是弄错了。事后，我笑话他，说你从来不骗人的，怎么这次像个小孩，偷了家里的钱还一口否认。他说，怎么连你也不相信我？他这样一说，我就不敢再追问下去了。我不知道他为什么要那么做，他偷偷配了楼顶的钥匙，我是知道的，他藏在哪里，我也知道，就在樱你坐着的沙发底下，我清扫时发现的，我拿上去试过，确实能开楼顶的铁门。我想了很久，才想起，有一次，他带回一扎章鱼头，说是人家送的，没晒干，我跟管理处借了钥匙，拿上楼顶去晒，大概也是那次，他偷偷把钥匙给配了。我不知道他为什么要这么做，对我也不说实话。我又不可能去告发他。后来，管理处继续接到投诉，没办法，他们只好把锁换了。但他还是照样能打开，仿佛他手里拿的是一把万能钥匙。为了这事，我和他吵过多次，我想让他别上去吹了，没必要跟邻居们较劲，因为吹笛子的事，弄得我们家跟邻居的关系蛮紧张的，见面都不打招呼了。可他一直说什么都没干，每天晚上他就在屋里睡觉。我明明见过他半夜起床洗刷，带着笛子上楼顶，我跟踪过他。我以为他是喝醉了。他再喝下去肯定出事，那时我就很担心了，我跟你们在电话里说过这事，就是没想到这一天来得这么快……

初晨和初樱面面相觑，他们知道，父亲应该是患了梦游症。

父亲的离去，似乎不纯粹是死亡，而是一次永久性的梦游，只是这次，他梦游的地方不是楼顶，是更高处的天国。

10

初晨辞去了省城的工作，其实也没辞，他连个电话都没打，就像一样东西得丢掉，他刻意不做告别，而那个每天都有人进进出出的投资管理公司，也不会在意一个员工的消失。说到底，初晨还是不够重要，是一个可有可无的角色，当初离开县城，县城不会因为少了他而变样，如今也一样。一个人在社会的地位永远赶不上家里。父亲去世之后，这个家，就再也离不开初晨了。这点无须别人提醒或者确定，他最是清楚。有些事情，父亲没办法干完，他得接着干，比如，照顾好母亲，维持好县城里的这个家；他还得把爷爷接过来；至于小婶，他没权力像父亲那样去左右人家，他甚至想帮她，试图说服小叔和她离婚。

"你们真自私。"

他又想起同事的话。

他不想继续替父亲去承受自私的骂名。

他想去看看小叔。

小叔越狱之后，初晨对那个矮小阴郁的男人的印象有了戏剧性的改观。他突然觉得小叔也是个不简单的人。有时候一个人的简单和不简单的区别说大也大说小也小，小叔即使一辈子龌龊，因为越狱一事却足以让初晨对他心生敬畏。那么父亲呢，他是个什么样的人呢？如果说四十年前他逃离戏团算是一个不简单的开始，逃离之后，他却一直在沉沦与妥协。至少初晨这么觉得。他对父亲的失望多少也源于此，在他想来，父亲应该继续逃离，逃离那个不再属于他的家庭，逃离村庄，甚至于更为彻底地逃离县城……然而他没有，他所有的离开都带着牵绊，就像一头牛，无论走多远，只要主人把绳子一扯，他就得歪着鼻子回头，否则就会痛。

爷爷就是父亲这辈子穿过鼻孔的绳。

父亲十五岁时被爷爷带进道班做事，作为一名临时工，父亲一天能赚八角钱加一餐饭。这是多少人都羡慕的工作，比去农机厂开东方红拖拉机还有面子。那些年，他们父子曾把省道养护到了览表、揭西，甚至更远的潮阳。一去就是好几个月，回来时，父亲每次都得变个模样。那时父亲正在长身体。父亲与爷爷的形影不离，或者说爷爷对父亲的好，在人们看来，已经不是亲生胜似亲生。他们的故事也一直被四乡六里当作佳话流传，免不了添油加醋。在那个儿子能顶替老子公职的年代，谁都知道，父亲迟早是要顶替爷爷成为道班班长的——也就是说，即使父亲没读过几年书，即使父亲跟随戏团半年就逃回来了，即使父亲命运不堪九岁就死了亲爹……只要他的命足够好，遇上了贵人，他同样能一跃而上，跳过所有同龄人的头顶，成为吃政府饭的人，也就是村里人所说的"官"。是的，父亲的"官"就是这么来的。就算父亲的"官"是这么来的，在那个年代，也不用被指责，唯有被羡慕。问题出在，父亲顶替得恰逢其时，就在他顺利接过爷爷衣钵的第二年，奶奶怀上了小叔。这个迟到的孩子，便一直成了父亲及其养父的心头病，他们谁都没明说，却也谁都清楚，本来属于小叔的东西被父亲抢早一步夺走了。微妙的关系在日复一日的摩擦中发酵，致使爷爷不得不怀疑，当年父子二人在修路途中，那突然翻倾的拖拉机是否有故意安排的成分，以至于爷爷被压折了大腿，为了工程如期进行，不得不提前向上级申请，把公职拱手让给了父亲。当前因后果被这样联系起来想一遍时，事情便呈现出了某种诡异的阴谋和心机，爷爷甚至有恍然大悟的通彻，但木已成舟，迟了，况且，一家人到了需要父亲照顾的时候了。父亲成了一家之主，他终于在社会和家庭上都完全代替了爷爷。

初晨相信父亲，父亲不可能如爷爷怀疑的那般不堪，父亲对他们一家人的亏欠感似乎也说明他不是一个忘恩负义的人，也致使他一辈子窝囊。

有一段时间，初晨对新闻里那些越狱出逃的犯人十分敏感，一旦有这样的新闻，他必将跟踪到底，并尽可能地探究其背后的故事。事实上，每一个越狱者都不是简单的人。他喜欢辨认他们的容貌，并找出和小叔的共同之处。他发现他们都有一个共同点，那就是：沉默。

初晨似乎没听过小叔说过一句完整的话。他对他语音上的辨认，只有几个音节，"好"，"嗯"，或者"行"。

此行的目的，与其说是去探望小叔，不如说是重走小叔越狱之路。

初晨从小婶那里要到小叔的信，知道他被关在揭阳监狱。他事先在网上查好了，小叔越狱之后躲藏的小山林离监狱不远，蹚过一条小河就是。小叔大概觉得最危险的地方最安全，他不曾知道，这个社会，已经寸土寸草，都没有任何安全可言了。

初晨开着父亲的破大众上路，沿着338省道，一路过内湖，过普宁，到了揭阳。这是父亲和爷爷当年负责养护的路段，修修补补几十年，黄土路早已浇了水泥。出发前，母亲问他是否拿到了驾照，他谎称拿到了。事实上，拿到没拿到又有什么关系呢，不就是一张纸嘛，他坚信没有人会在半路上拦下他要驾照。果真如他所料，他开着父亲的破大众，自信得像是已经拿到驾照的人。反正也无所谓了，大不了这辈子再也不开车，他也要舒舒服服地开这一回，就像父亲明知道接下来的一辈子注定窝囊，也要从戏团里出逃一次。好吧，从某种意义上说，初晨也在顶替父亲的"职位"，这让他感到不寒而栗。

初晨并没有立马去见小叔，他先是在监狱周围转了一天。他沿着小叔两年前出逃的路线重新走了一遍，他蹚过小河，左边是村庄，右边是山林，他揣摩当时小叔怎么不向村庄跑，是出于何种考虑，小叔会选择一个小山林作为藏身之处。他顺着田埂朝山林走去，看似很近，实际上也有好几里路，可以想象，黑夜走这么一段路，比白天要艰辛很多。他走进山林，发现这里长满了相思树，相思树即使是冬天也不掉叶子，密密麻麻，把小山包遮盖得严严实实。小叔真觉得这会是一个好的藏身地。他继续往高处走，走到山坡的另一头，另一头还是相思树。山坡过后，是一片深田。小叔肯定还往深田里跑了，一小段，不远，因为他很快就发现跑不过去，深田的泥土足够到达他的大腿，他又是那么矮小的人。他又退了回来，坐在地上，由于是晚上，他可能不清楚，这个山坡除了相思树，还密密匝匝地布满了旧坟头。这是个乱葬岗。他又不敢生火。他坐在地上，地上长满了野草，还有各种蚊虫，或者还有草蛇。小叔顾不得这些了。他可能还抱住了其中一棵树，他怕自己会突然晕倒。他肯定饿了，但周围没有任何东西可以吃。初晨折下一根相思树枝，他咬了咬，枝叶是苦的。他无法想象当时小叔的心情。好多事情他都无法想象，就像这个山坡，到底是先是乱葬岗还是先长满了相思树，那些坟头和树木一样都是具有年岁的事物。他往回走时，遇到一个农人牵牛走过。农人和牛都站下来看他，气氛有些紧张。他只好冲人和牛都笑了笑。农人用揭阳口音的潮汕话说了一句："我以为又有人逃出来啦。"他自然能听懂，他故意用普通话问道："阿叔，这里经常有犯人逃出来吗?"农人把牛拴在一棵碗口大的树上，一脚踏上一个坟头，弯腰去挽裤脚，挽完一边又挽另一边，直到直起腰，他才说："政府的监狱，哪那么容易逃得出来，这么多年了，就逃出来一个，大概是两年前的事情，就躲在这里，早上全村人都出来包抄，打断了他一条腿，才把他逮住了。坐什么牢呢，那些人都该死，都该枪毙，为民除害。"

第二天，初晨在监狱里见到小叔，他拐着右腿在狱警的带领下一步一瘸走过来。他并没有认出初晨，初晨叫他小叔时，他愣了好大一会，这大概是他第一次听人叫他小叔。他还是不习惯说话，他点了点头，问："你爸呢?"

听母亲说，父亲每年都会来看小叔一次。

父亲再也不可能来看他了。

初晨一路哭着回家。

深夜，他翻开家里的沙发，找出父亲藏着的钥匙，打开了楼顶的铁门。他拿着父亲的笛子，站在全城最高的楼层上，看着底下的灯火和阴暗。他才不愿意相信父亲死于心肌梗死，父亲分明站在最高处，他最终选择了纵身一跃。

皮小姐

我一直和一个叫梅朵拉姆的女人保持联系，应该有个小十年了，我周围的人都表示难以理解，觉得平时持稳理性的我怎么会相信了她的话。其实我并不是完全相信她的话，至少我们联系这么多年，如果要追溯原因，绝不仅仅是在我父亲的葬礼上她的突然出现，并突然说出那一番话。是的，应该还有其他什么原因，只是我说不清楚。

　　谁也不知道梅朵拉姆是哪里人。她没说，也没人问。她第一次给我发短信，说她叫梅朵拉姆时，我还以为是个外国人，至少是个少数民族，那时我还不知道这是个藏族名字。第一次见面，是在她给我发短信的三天后，那天是我父亲的葬礼，家里所有亲戚朋友都到了，尽管有治丧委员会统一指挥，现场还是一片混乱。我们家从我记事起，就没经历过家人的丧葬，爷爷奶奶早在我出生前就死了，父亲是第一个，所以说一点经验也没有。置身其中，我也不知道我该干什么、能干什么，总之，一会被治丧委员会的人拉去迎接吊唁来客，一会又得回到灵堂磕头、奠酒，各种繁琐的礼俗，弄得我头都晕了。一个受过高等教育的女孩子，平时自视甚高，那会却像个猴子一样被人呼来唤去，在该悲伤的场合，我的心里装满的却是屈辱和焦虑，只想着早点结束。于是，梅朵拉姆的出现，对我而言，是比较欢迎的，或者说，出现得很是时候。

她先是到处问我的名字。来之前，她只跟我联系过。当时我没多大在意，以为她可能是父亲某个远在外地的故友。父亲年轻时到过不少地方，他走南闯北，是我们家族的能人，我们家族的人没有一个没受过他的恩惠，他们说父亲是对家族有贡献的人。当然，我看问题多少跟家里人不一样。我大学学的是哲学和人类学，换个学校读研究生时又报了法学，毕业后，很顺利就考到了律师执照。我学的东西太杂了，懂的东西太多了，对于一个女孩子来说不太好。这是父亲生前说过的话，至少他流露出了这层意思。在好多问题上，我们经常会有一些争论，通常父亲是争不过我的，他那套野路子，江湖哲学，只能在另外一个空间得到大家的拥戴，在我这里，我甚至还有点瞧不上。当然，父亲去世之后，我很后悔我有那样的想法，我太天真了，太自以为是了。听母亲说过，父亲年轻时很英气，又见多识广，很多人喜欢他。母亲指的当然是女人。母亲作为胜利者后来说起这些难掩自豪。我听着却有另一层意思，也就是说，父亲这么优秀的男人，最后却得不到自己女儿的喜爱。我不得不产生如下联想：梅朵拉姆会不会是父亲当年遗落在某个地方的情人。这是感人的故事，自然也是比较尴尬的，这也是我为什么没事先跟母亲和其他家人说明的原因。我还心存侥幸，以为她只是发个短信表示哀悼，应该不会真的来参加葬礼。

她向我走来时，我正试图从一面远处的镜子里看看我穿着那么一身丧服是不是很难堪，我尤为不喜欢那顶白色的帽子，它像个高压锅扣在我的头上，做工粗劣，还掉色。我在想，我一头刚染过的橘黄色的头发一定惨不忍睹了。在父亲的葬礼上，我确实不应该有如此的担忧。所以，当梅朵拉姆微笑着站在我面前，看样子，至少已经认识我有三年之久了，我着实有些慌乱。我勉强地回她一个微笑。我还不知道她是谁，为什么要站在我的面前，面含微笑，如果是来参加父亲的葬礼，她完全应该面对父亲的灵堂，灵堂的正中央悬挂着父亲中年时期英俊的照片，那是他去外地时拍的，据说给他拍照的摄影师十分有名。父亲对他那张相片爱不释手，在世时就念叨着要作为遗照留下来。母亲当然得听他的，母亲说她其实不喜欢父亲到处跑，她担心父亲在外面有了别的女人。我对他们之间的事情一点兴趣也没有。我甚至有点烦，每当母亲和我说起，我总是无情地打断。女人的猜疑似乎也只有女人才能理解。现在想来，我是有点过分了。尽管每个子女在崇拜父亲过后都有或多或少的弑父心理，但作为一个女人，我打心里觉得，父亲是个蛮英俊的男子。所以，当梅朵拉姆面带微笑跟我说，她就是给我发短信的梅朵拉姆时，我第一反应就是，这个女人和父亲肯定有一腿。如果真是那样的话，那她也算是一个重情重义的女人。

说实话，我对梅朵拉姆的第一印象就是这样，也就是说，印象挺好。这点和我们家里其他人不太一样。那天梅朵拉姆先是让我把家里几个至亲叫到一起，她郑重其事的样子，使我也开始紧张起来，似乎有什么重大的事情要发生，这事比死了父亲还大。我那时年纪还小，刚离开校园，自命不凡的样子连自己都觉得有些过分。在家里，我自愿当个局外人，真是看热闹的不怕事情大，我从小就猜疑的戏份似乎会在那人生的最后一程里隆重演出。我召集家人时，一边已经在幸灾乐祸地想道：梅朵拉姆啊梅朵拉姆，你究竟是何方神圣，你如果作为父亲的情人出现，你是否有足够的残忍，在这个葬礼上大声说出，灵堂正中央挂着的这个男人，也是你曾经的男人，并且，你们还有一个家庭，家里也有子女，就和我们一样，在你们看来，我们这一家子，也是另外的意外的存在……啊，这样的想象让我感觉刺激极了，我紧张得简直心脏都要跳出来了。

场面显得有些隆重。我们一家大小就那么围着梅朵拉姆，仿佛她才是那天的主角，她才是应该高挂在灵堂之上的死者。事实证明，她比死者还要让我们惊讶。她不是那么绕弯子的人，至少这点当时给了我们不错的印象。她开门见山，第一句话便是："你们可能会觉得我是骗子。"这话像是小说里的伏笔，进一步验证了我的猜疑。可是，从第二句话开始，我的美好想象便破灭了。她接着说："我是个虔诚的佛教徒。我想说什么呢？我的意思是，我能知道很多常人所不知道的事情，这么说，也不是说所有佛教徒都如此，不是的，只有我，只有我才是特殊的。简单说吧，我知道人的前生后世，当然了，得是有缘人，你的丈夫，你们的父亲，就是我的有缘人，也就是说，我知道他的前世，他的前世是个商人，很成功的商人，他的茶叶生意直接做到了世界各地……他继承了家族的企业，一辈子殚精竭虑，用心经营，最后企业还是垮了。当然，那时时局不好，大环境决定了小人物的命运。他后半生一直与妻子相依为命，他热爱他的妻子，一直到得了肺结核去世那一刻，仍抓住妻子的手不放——我就是他的妻子——"我母亲用一个大声的"啊"字打断了梅朵拉姆的讲述。梅朵拉姆似乎早已意识到这样的效果，她没有因此而显得慌乱。我想，即使是骗人，你的骗术也太低劣了点，但作为一个骗子，她确实经验丰富，正如她所言，她能得知不少人的前生后世，也就是说，类似的事，她做过不少，我父亲绝对不是她的第一个"行骗"对象。"行骗"是我家里人事后对梅朵拉姆的一致定性，事实上我并不这么认为，我对她挺感兴趣的，也愿意相信她的话，如果她能进一步证明的话。我想继续看她接下去的表演。我对母亲的惊讶表示反感，我说:"人家都说了,是前世,这位是爸爸前世的妻子。"我这话说得有点调侃。母亲白了我一眼。梅朵拉姆这才补充道:"是的,皮小姐,我的前世和你父亲的前世正好是夫妻。"

我们全家人都愣了一下。我们愣不是因为她说她的前世和我父亲的前世是夫妻,而是她那么直接、那么自然,仿佛就是我家一个近亲,说出了我的小名。是的,皮小姐是父亲给我起的小名,好多年前的事了,那时我还在读小学,因为经常抢同桌的橡皮擦,老师叫了几次家长,父亲便笑着跟我说,以后你就叫皮小姐吧。不可否认,这是个好听又不乏时尚的小名,于是在我家就叫开了,一直到我高中毕业,家里人还是习惯叫我皮小姐。我父亲还真是一个有品位有文化的人,至少在我们家乡,他和其他人都不一样。而梅朵拉姆到来之前,仅和我有过一次短信交流,我一次也没提及我的小名,我提这干吗啊,我有病啊。我还是在一种不经意的情况下才回了她的短信,她在短信里说她是梅朵拉姆,听说我父亲去世了,她很悲伤。就这些,如果不是因为删了我还可以打开给家里人看看。至于她哪里得来的我的号码,又怎么知道我的小名,甚至于还知道我家更多的事情……我们一概不知。也就是说,她在暗,我们在明。这真是一种不公平的对立。我已经能明显感觉到家里人的戒备和怒气,尤其是母亲,如果是在平时,我估计她已经跳起来了。母亲完全不能接受有另一个女人自称是父亲的妻子，哪怕是前世也不行，这是她作为一个乡下妇女最为敏感的区域。我们一家人中，母亲又最为相信人有前世一说。所以，在如何对待梅朵拉姆这个事情上，母亲一直态度暧昧，她相信梅朵拉姆所知的一切，又无法接受她告知的事实。

可以想象，一个葬礼遭遇这样的意外，对一家人来说意味着什么。治丧委员会的几个老头都是父亲生前的发小，那几年，他们这帮在街上从小玩到老的人陆续去世了，轮到父亲时，能走在一起商量事的也就没几个了。他们一直嚷嚷着要年轻一辈的起来接手，否则后继无人了，好像那是天大的事情一般，其实在当时的我看来都是故弄玄虚——他们一方面也似乎在排斥年轻人插手，端出一副大架子，说，你们年轻仔，懂个毛。似乎只有在这个时候才显示出了他们的重要性和不可替代性，掩饰了他们不会玩电脑拿个手机还得要孙子帮忙拨的尴尬——好吧，但愿是我心理阴暗，总之我老觉得他们一边畏惧死亡，内心深处也在盼望着死亡，父亲的死就让他们兴奋不已，奔走相告，不请自来。其中一个喜欢当头头的老头是个退休老教师，读过几年书，父亲生前和他来往比较多，我们全家都习惯叫他福叔。这个高个子老头喜欢在我家高谈阔论，在我的印象里，如果福叔和父亲对坐时，总是一个聒噪一个沉默对比悬殊。父亲事后会跟我们说——当然他没有一点瞧不起福叔的意思——福叔说的其实都是错的。我就不明白父亲为什么对一个说的都是错的人那么尊敬。于是，父亲的死，对于福叔来说，确实是大事，他像办自家的事一样尽心尽力。福叔先是对梅朵拉姆的身份起了疑心，他问我母亲，发生什么事了。我母亲不想告诉外人实情，她摇摇头，大概说的来者是一位远房亲戚。"我怎么不认识？"这是福叔随口说出来的话，他太高估自己了，以为我家的事他都了若指掌。事实证明，父亲死后，福叔对我母亲的过分照顾，让我多年以后还怀疑他们有一腿。当然只是怀疑。几年后母亲被我接到了惠州，她一直叫嚷着住城市不习惯，空气也不好。我时不时会送她回去小住一段时间。一直到福叔前几年脑血栓瘫痪了，母亲才厚着脸皮说她得回去照顾，否则没人管福叔死活。我也不再探究，有些事怀疑归怀疑，终究不用去求证。

在母亲的周密安排下，梅朵拉姆以我家的远房亲戚的身份住了几天，直到父亲的葬礼结束，她才离开。我能记得的是，那几天，梅朵拉姆几乎和我形影不离，她喋喋不休地跟我讲她与父亲的前世，仿佛她的今世就是为了给人讲述她的前世。她能说出一些细节让人误以为那就是真实存在的事情，至少杜撰也杜撰得高明，比如当时他们生活的梅城马牙县一斤米一把菜是多少钱，去挑个水要绕过多少个弯穿过多少条街巷，她如数家珍，仿佛刚从那地方那年月赶过来。我当时想，这人如果不当骗子，估计在别的行业也是个出色的人才，例如当个作家什么的。既然是骗子，那总得要骗点什么吧，钱？还是其他什么，吃的，用的？母亲想过给她一点钱，当然不多，一两百块，打发走人。但她不要钱，正因为不要钱，才引起了母亲更大的警惕。母亲真是怀疑梅朵拉姆和父亲的关系了。梅朵拉姆一走，母亲就跟我单独交代，说既然这个骗子是跟你联系的，你还和她保持联系，弄清楚她到底是谁。母亲嘴里说的是骗子，其实已经在心里认定她是情敌了。我也是感觉好玩。那会还年轻，没遇到我现在的丈夫，有点不理解一个女人即使丈夫死了还要对他的情人穷追不舍。后来我有点理解了，但一直到现在，我也不能向母亲提供证据，证明梅朵拉姆曾经和父亲有个什么不干净的纠葛，也许有过，也许真没有，这些都不重要了，至少在我这里，那些不再是我和梅朵拉姆一直保持联系和交往的原因，或者说目的。有时候我觉得，和她交往，成了我某种心理上的需要，除了我的家人——丈夫和患有严重自闭症的儿子，我似乎再也离不开梅朵拉姆了，这个骗子，这个能知晓前世，这个巫婆一样的女人，老女人。甚至于，我一度怀疑，我这十年来的遭遇，似乎是她一手策划，或者说干预实现的。如果真是那样的话，那梅朵拉姆还真的是个巫婆。我又怎么能相信世间存在着这些稀奇古怪的力量呢？事实证明，我确实越来越模糊了自己的判断能力了。这跟一个人的命运有关，一路走来，风不刮雨不淋的，自然可以自傲到不相信一切，例如十年前的我，那个刚刚获得律师证书踌躇满志的我。然而我的好运似乎也只能走那么远的路程。一年后，我遇见了他，也就是我现在的丈夫，贝先生。贝先生是我的第一个客户，他当时开了一家广告公司。十年前，广告公司正红火，你们知道吧，能赚钱的事业，也正因为此，难免涉及经济纠葛。第一个官司是我帮他打的，赢了，初出茅庐，我确实能干，有股狠劲，用现在的话说，是个女汉子。贝先生看中了我，要请我当他们公司的法律顾问。这差事好，我还在律师事务所上班，贝先生那边权当是兼职。按贝先生后来的老实交代，他那时就喜欢上我了，决定追我。我这人平时傲气，似乎看谁都不顺眼，遇到对我好的人，心就软了，再说，贝先生确实是个好人，一表人才，关键是能做一手好菜。我老早就发过誓，一辈子不学做饭，决不像母亲那样过一生。这么说来，贝先生有点像是为我量身定做的，天意啊，多好。没过多久，我们就同居了。一年后，我怀上了，这事让我十分紧张。贝先生说，咱们结婚吧。我当时糊里糊涂的，就答应了。事实上，这完全不是我预先设想好的人生，我的人生不应该是这样仓促的，至少不应该这么早怀上孩子，这么早成为别人的老婆。那年我只有二十六岁，贝先生已经三十五了。事后想想，我有点上了他的当，我的一生就那样被他给毁了。事实上，毁我一生的不是贝先生，而是我们的儿子。三岁之前，我们没发现他有什么异常。三岁以后，我们就感觉不对劲了。而这种不对劲在我们的感觉下又像是配合着我们的感觉，越来越不对劲，一直到医生说，自闭症。接着医生又安慰我们，也不是只有你们家孩子，刚走的也是……好像想告诉我们，这病就跟感冒似的，不值得稀奇。事实上，我们也都知道，这其实就是另一种"癌症"，医生只是要我们认命罢了。

看似有个明显的分界点，我的好日子和我的坏日子，我有尊严的日子和没尊严的日子，咔的一声，就在那个点上，折了，天与地，水与火。我还得承认我的伟大，为了儿子，我竟然也能像那些电视上宣扬的伟大母爱那样可以放弃一切，我几乎放弃了我的事业，躲在家里成了自己以前瞧不起的黄脸婆。为了儿子能和正常人那样读个幼儿园，花钱求人，就差没跪着和人家说话了。任何关于自闭症的资料和团体我都查阅和咨询过，参加过无数的培训班和讲座，把自己活生生从一个律师扭成了一个自闭症专家，最终也无能为力，儿子该面临的问题还是得面临该出现的症状一个也少不了，了解得再多，实际也就更为坚信，一切都是天注定，无药可救。好吧，我认了。谁也帮不上忙。

这期间，我们搬了几次家，换了几个城市，最后落脚在陌生的深圳。我越来越喜欢在没有熟人的城市里生活，那样的话，就不用一遍遍地把伤口揭开给人看，似乎还有义务跟他们一个个解释，诉苦，喟叹，如此才显得通情达理，在亲友那获取一些怜悯和支持。够了，我不需要这些。我需要他们不闻不问，无情到最后把我们一家忘掉。我刻意与外界断了联系，换了号码谁也不告诉。有一阵，我的手机里只存有两个号码，一个是我母亲，一个是梅朵拉姆。我母亲和福叔好上之后，我唯一能倾诉的便只有梅朵拉姆了。四年前，梅朵拉姆一步一叩匍匐到了西藏，她发给了我不少照片，看着像一群野人。我跟她说我儿子有自闭症，不知道怎么办才好。她跟我说，你来吧，来西藏朝圣，回头看时，就没有什么大不了的了。我当她是安慰我。那时我还相信医学有足够的能力治愈我的孩子，如果我不放弃的话。后来我绝望了，想起梅朵拉姆讲过我父亲前世的死，因为当时战乱，父亲的前世埋得十分草率，据梅朵拉姆回忆，卷了一席草席就下葬了，埋在马牙西郊的灯芯山下，具体位置梅朵拉姆当时描述得很详细，不得不让人信以为真，她说，灯芯山呈凹形，凹进去的地方是一片深田，田中有巨石如伞，周围是坡，长满荒草，还有一棵银杏树。我父亲的前世就埋在银杏树下。如果真如梅朵拉姆所言，那是一块风水宝地。梅朵拉姆却说，百年后，灯芯山成了梅城的旅游景点，游玩的人都想和巨石合影，你父亲的前世在底下，一直任人践踏，后世必有所残……一个"残"字，让我警醒。也就是说，梅朵拉姆早在多年前就已经预示了我儿子的境况。我赶忙跟梅朵拉姆提起此事，她没说什么，只是叫我有时间去看看。深圳离梅城并不遥远，去年国庆，我突然向丈夫提出去梅城走走。我这一反常的提议没得到他的反对，事情上他早就对我烦透了，觉得我不应该相信外面一些奇奇怪怪的人，他指的当然就是梅朵拉姆。我们一家是以旅游的名义到达梅城马牙县的，灯芯山旅游区并不难走，进山的路到处是车队。一切正如梅朵拉姆所言，这些都不奇怪，或者她曾经来过。我们特意来到巨石下，一家三口站在一起，请了一个小伙子帮我们拍照。儿子很开心，哇哇大叫，想挣开我的手，旁边的人都看着他，一眼也就知道了他的不正常。他已经七岁了，长出了一米五的个头，连身高看起来都不太正常，这小子要不是有病，将来和他爸一样肯定是个帅小伙。我们绕着巨石找了一圈，没能找到银杏树，众人的踩踏，使地面坚硬，如同浇了水泥。晚上我们住在山下旅馆，我趁机溜了出来，我也不知道溜出来能干什么。边上有一家卖丝巾的小铺，挑丝巾时我也就那么随口一说，这石头真怪，像把雨伞这么立着也不倒。卖丝巾的小姑娘微笑着，不知道怎么应我。突然，是一把苍老的声音："怎么会倒呢？那是一块墓碑，底下埋着人呢。"我扭头一看，一个老人在角落吸着水烟筒。"我爷爷。"小姑娘说。我问，底下埋的谁啊？老人说，谁知道，民国时期的坟了，年久失修，这儿开发时，曾做了告示，也没人家来认，就用机器铲平了，奇怪的是，没过几天，银杏树就起火了，烧没了……我浑身打了冷战，急忙回旅馆，把事情始末告诉丈夫，我想把父亲前世的骨殖挖走，另找地方厚葬。丈夫觉得我疯了，他暴跳如雷，当晚就带着我们离开了梅城。这一年来，我一直对此事耿耿于怀，觉得无论如何得试一试，说不定，儿子就能因此好了起来。也许正如贝先生所言，我确实疯了。

我想这世上唯一能帮我的，可能就只有梅朵拉姆了。

这个巫婆一样的女人似乎一直在等着我的电话，我仿佛能看见她守在电话机边上的身影——电话一拨通，才响了一下，她就接。在电话里，我大哭了一场，这些年来，虽然尊严丧尽，但像那样大哭还是头一回。待我冷静下来，一把拭去腮上的泪水，说：

"你能帮我看看我儿子的前世吗？"

这似乎就是我联系她的目的。照我粗浅的理解，这孩子的前世肯定是享了什么大福，这辈子才需要受这精神之苦。而我呢？我也希望她能顺带看看我的前世，有了前世就有后世，就像有鬼也就有神，这世间的事我头一回发现竟是可以这样自我安慰的，有点像儿童画本里那些编造痕迹很重的童话故事。说到底，我还坚守着坍塌的理性。

皮小姐——她还是这么称呼我——其实你从一开始就没相信过我。

是的，梅朵拉姆说的没错，我怎么会相信她的"骗术"呢？我最多也只是好奇，好奇一个骗子的奇招，好奇一个骗子竟然没有作案目的，或者说，连动机都没有。十年过去了，我还真的不得不相信，如果梅朵拉姆是骗子，那么她将是全世界最纯洁的骗子，或者说，最傻帽的骗子。这些年，我其实有在关注电视新闻，希望哪一天能在荧屏里看见梅朵拉姆被拆穿时的狼狈样子。我是多么希望她是个大骗子，漫天大盗，作过若干大案子，而关于我父亲葬礼的那个小插曲，要么真的是一个无关紧要的插曲，要么便是某个大案中关键的不可或缺的某个环节，而这个环节，牵涉进去的便不仅仅是梅朵拉姆，很有可能还有我那死去的父亲……是的，我有时候会这么傻想，像个侦探小说家。

我不得不重新设定：梅朵拉姆其实是个平凡人。

我想见你。不知道为什么，我提出了这样的请求。仿佛她成了我唯一能依靠的亲人，我话语的尾音还带着颤音，估计被电波放大若干倍，到了梅朵拉姆耳中，已经是哭腔了。她说，好啊，多年不见了，我的皮小姐，我也想见见你了。

我们约好时间。时间定在一个月以后，梅朵拉姆说她能闲下来只能到那个时候。我不知道她忙些什么，也不好问。事实上，我除了知道她是个女的，自取了个奇怪的藏语名字，其他一概不知。而我也留了后路，并没有把家庭住址告诉她，只跟她说，我住在深圳南山，南山不大，只要是到了南山，任何一个地方，我都能找着她，不怕丢了。她在电话那端笑了起来，她的笑声使我忍不住去想象她笑时的模样，但我确实想不起来了，她长什么样，我也想不起来了，毕竟这么多年过去了。

我还得想办法支开丈夫和儿子。刚好是暑假，我跟贝先生说，你带上儿子去巽寮湾住几天吧，我就不去了。每年暑假，我们一家都会去巽寮湾住一段时间，那里依山面海，风景美极了，跟深圳完全是两个天地。因为喜欢那个地方，几年前，我们在那买了一套八十平方的海景房，平时就空着，一年只有暑假去小住一个礼拜。这个时候，我突然提出不去，难免让贝先生不解。但他没说什么。

梅朵拉姆到的那天，我竟像个小女孩要去见网友一样紧张而兴奋。我们约在茂业大夏的巴西烤肉自助餐厅吃晚餐，她下了飞机，直接坐罗宝线到桃园站，再转几站公交就可以了。我刻意将自己打扮一番，至少要让她看起来，这些年，我没老掉多少。事实上我已经老了很多，照镜子看不出来，看以前的照片就一目了然了。我穿了牛仔裤和T恤，小女孩的装扮。正要描点口红时，信息来了，她说她到了，在餐厅门口等我。我心想她可真是灵通，第一次来就可以准确找到地方，就像当年她同样准确找到我家一样。好吧，我太兴奋了，像是趁着丈夫的离开要去赴一次约会。说实在的，这些年，因为儿子，我从未如此轻松地出来吃个饭。路上，我买了包烟，事实上我已经戒烟多年了。结婚前，我抽过烟，那时是好玩，经常和一帮朋友去蹦迪。结婚后，准备生孩子了，丈夫劝我戒烟，说不戒烟生的孩子不健康。贝先生是理工男，做事从来就这样有条有理一板一眼。他是我当初有意的选择，文科男在我看来一点都不靠谱。然而，事实证明，理工男也一样，我们把该做的准备都做了，最终生出来的孩子，还是不健康，而乡下那些什么都不懂的亲戚，又是烟又是酒的，生出来的孩子反而活蹦乱跳。这就是命吗？但至少有一点我是轻松的，他和他的家人没权利指责我了。我知道，他的母亲一直就不怎么喜欢我，说我太自以为是了，一点都不像个三从四德的女人。我当然不是个三从四德的女人，如果不是命运捉弄，我或许会把人生活出更多的不羁和精彩。知道儿子患了自闭症后，我又开始偷偷吸烟了。因为是偷着来的，反而时刻有一种自我放纵的负罪感，生怕丈夫和儿子闻到家里的烟味，为此我付出了很多努力，去消除家里的味道。我强迫自己戒烟。在某些时候，又觉得没烟不行，比如要去见梅朵拉姆了。

我在下负一楼的半圆形楼梯上碰见了梅朵拉姆，她正冲我招手，一下子就认出了我，我当然也认出了她。时间并没有把我们改变得面目全非。在父亲的葬礼上见面，那时的我虽然已经成年，在梅朵拉姆面前还算个小女孩，如今，我们之间竟然消弭了年龄的界限，一见面，竟亲切如闺蜜。

带火了吗？她问我。上飞机时，火机被没收了，下飞机了，也忘了在箱子里拿一个。

哦，她也吸烟了。我如释重负。掏火为她点上。她吸的是一种白色的薄荷烟。这种烟太淡，我不喜欢。我买的是万宝路。见我抽的是万宝路，她吃惊地看着。烟瘾比我还大啊？她笑着说。我没告诉她我已经一个多月没偷偷吸烟了，好不容易为她放纵一次。趁我为她点烟，她拍了拍我手背。

我们在窗口坐下，面对面，好长一段时间不知道说什么。服务员一次次地提着一架子烧烤肉过来，切好放在我们的盘子里，很快，盘子里便堆满了烤肉。我不吃肉。她最后才说，并把面前的盘子推了过来。啊，我竟然忘了，失误，为了弥补过错，我连忙起身，穿过人群去另一边的自助台上，为她选了几样素食，有拍黄瓜、苋菜叶子和海带，其实都是我喜欢吃的，我觉得她也应该喜欢。

我回来时，她正在夸奖一个服务员长得像韩国明星。

我们的话题便顺着韩国明星开始。其实我一点都不喜欢这个话题，这些年，别说追韩剧，作为一个律师，我连法律条文都忘得七七八八了。她却很在行的样子，说她以前喜欢看韩剧，现在喜欢韩国电影。你看过李沧东的《诗》吗？尹静姬演的，那个美丽的老人，到我这个年纪了，突然有一天她想写诗，才发现她生活的这个世界里原来处处充满了诗意，比如院子里的花。我摇摇头。我不知道李沧东也不知道尹静姬，但感觉这个故事挺有意思。我有点明白梅朵拉姆的意思，无非是要我热爱生活之类的寓意，我真的不需要这种鸡汤形式的劝慰，普世价值的大道理我都懂，没有我不懂的，我曾是那么优秀的人。说白了，我希望梅朵拉姆是个巫婆，而不是个鸡汤大娘。我想转移话题，直接说我儿子的事。

孩子和他爸出去度假了，是我把他们支走的，说真的，我不想你看到他们，仿佛看到他们，就相当于看到我现在的窘迫。

　　十年前，你已经看到过我家的窘迫。那时候，那个家似乎还不是我的，我只是其中一员，并且是事不关己高高挂起看热闹的一员；现在，这个家是我的了，我怎么辩解和漠视，都改变不了现实。我以前想过杀了他，抱着他一起去跳大梅沙，或者梧桐山；如今，我想自己死，但我不会自杀，我曾祈求得癌症，或者发生车祸……

　　我想知道他的前世，也想知道我的前世，前世其实对我们一点意义也没有，比如你说你和我父亲前世是夫妻，这又有什么关系呢，只有我那愚蠢的母亲才会为此耿耿于怀。我之所以想知道前世，是因为有了前世，也就有后世，后世才是我所希望的……

　　梅朵拉姆不说话，默默地吃着眼前的蔬菜。我感觉她变了一个人。十年前，她在我面前喋喋不休，如今我们调换了个位置。

　　她也没半句安慰我的话。平复好心情，我开始大吃烤肉，把两大盘的鸡翅、牛舌、鸡胗肉吃得一干二净，我从没这么好胃口过，大概也是从早餐一直饿到了晚上。吃饱了肚子，我又讲起一年前的梅城之行，似乎只是为了证明，我已经相信她了，希望她能告诉我下面该怎么做。

　　"跟我走吧。"她看着我，"我带你去西藏，我们远离尘世。"

有那么一瞬间，我心动了一下。什么都不管了，没有我这世界照常二十四小时，这城市该下雨还得下，该晴朗也依然晴朗。那他们呢？我的贝先生和傻儿子。记得有一次，我被儿子惹烦了，我大声斥诉他，我不要你了，我要和你爸离婚，让你爸找个后妈，看她管不管你，她不虐待死你才怪……我看见儿子吓得尿了裤子。

不行，我走不了。我已经不是十年前你认识的那个皮小姐了。

是啊皮小姐，我曾经喜欢过你，可现在的你，不像是我喜欢的了。

她接着说：我以前也结过一次婚，我丈夫是个大学教授，教哲学的，和你一样优秀。也正因为优秀，他的学生喜欢上了他，他一开始就跟我坦白，他说没事的，他知道分寸。可是最后还是有事了，我去看不孕不育时却撞见他带着他的学生去流产。是的，我不能生孩子，作为一个女人我足够失败，他口口声声说没关系，他是哲学家，他想得开，可最终证明他都是骗人的。和我离婚后，他就和他的学生偷偷同居了，听说最后那个女生为他生了一个男孩。也就是十年前的事，那年我四十岁，开始信佛，我第一天知道我其实并不喜欢异性，也不需要异性……是的，有什么关系呢，我已经属于佛了，是个佛教徒。我一路朝圣，去了西藏，可我却忍不住诅咒，诅咒他们的儿子是个傻子，或者残疾，让他感到绝望与报应⋯⋯

到外面走走吧。

我们从茂业大厦出来，过了南山书城，一直走到了桃源路。我看她混迹在行人中，已经和一个普通的妇女无异。就算真的能看到前世今生，那又如何呢？看到而已，谁也改变不了。她同样是个束手无策的人。她当不了巫婆。

我们站在酒店门口。我预先为梅朵拉姆开好了房间。我本打算陪她的，至少可以聊至深夜，可我突然反悔了。梅朵拉姆看着我，她希望我能跟上去。我没有。她就理解了，径直走了进去。我说我明早来接你去吃早茶。她说不用了，她会直接去机场。

他们都说我有一把大马刀

我一路跑回家，没有人跟着我，自然也没人跳出来挡住我的去路。我想干什么呢？我站在门楼想了一会，才记起，我是回来拿家伙的。用大丁的话说，我们各自回家抄家伙。我们这伙人终于和他们打起来了，是的，干起来了。一年多了，我们一直在密谋着和他们干一场，他们估计也是，总之，彼此都等好久了，终于，机会到了，要开打了。也就在这关键时刻，我们发现手里没家伙，像母亲上市买菜忘了带钱。那就各自回去抄家伙吧。大丁说。他们也默认了大丁的建议，看着我们四散而去，倒像是我们这伙人在落荒而逃了。事实上不是，我们不是怕事的人，甚至说，我们还是好事者，马街上混的人都知道，我们自称是"马街三小龙"，除了我和大丁，还有一个叫巨象的胖子。

　　胖子跑得一定很慢。他平时走路就滑稽，像是一头螃蟹横着走——"头"是我给他量身定制的量词——何况是跑回家抄家伙。我在这时候还有心思琢磨胖子的跑姿，诸位肯定觉得我足够淡定，事实上我紧张得要死，跟了大丁好几年了，真正打起来，还是第一次。别以为黑社会每天就打打杀杀，更多的时候，我们只是在陵园的烈士纪念碑下斗地主。那里除了满地烟嘴巴，就是被大丁输钱时撕烂的扑克牌，铺了一地，都可以当毯子用了。

幸好父亲不在家。

他每天都得出去拉客，开着他的破三轮，偶尔也回来，所以我不能像巨象那样，能清楚地摸准父亲的行动规律。巨象的父亲在六社木材厂做事，上班和下班都要掐准了时间。大丁的父亲多年前行海死于一场台风，至今不见尸骨，他母亲在咸茶铺干活，可没时间管他。我母亲倒是个闲人，可她基本不管我，也懒得管。我满屋子找家伙时，她还以为我是在找吃的，她咕哝着骂，不敢大声，怕我打她。我还真打过她，一年前的事了，一拳头，要去了她一颗牙齿。我并不想的，我是被逼的，她啰唆得要死，谁也受不了，除了我父亲。父亲当然不能容忍我打他老婆，他还了我一拳，打中我的后脑勺。后来我一直头痛，估计脑壳已经被父亲打伤，但我没怪他，要是将来有人敢动我的女人，我也同样不会客气。这事我不愿意多讲。我现在唯一急切的是能找出一把家伙，还不能是随随便便的家伙，看上去得像样，否则也没脸拿出去见人。我都说了，我们好长时间没打过架了，就像和平时期国家也不怎么造大炮一样，我也没往家里准备多少家伙。不过在大丁面前，我没说实话，我得说我家里有的是家伙，随时可以开战。我们都知道，大丁有一把大马刀，据说是跟一个新疆佬买的，真真切切，是一把大马刀，吹毛立断，削铁如泥，可神了。我们没见过，都是大丁说的，大丁说，整个东海城，也不见得有第二把。大丁还说，他之所以买一把大马刀，主要是为了保护他母亲。我笑着说，得了吧你怎么跟电影里演的一样煽情我都起鸡皮疙瘩啦——那么，大丁会把他的大马刀拿出来么？十有八九是会的，这都什么时候了，养兵千日用兵一时嘛。我倒是挺期待。

我都把屋里翻了个遍，再这样翻下去，世界大战都结束了。

母亲终于说话了。

"你到底在找什么？"

她聪明地意识到我不像是在找吃的。

然而我的事跟她说不清楚。我都怀疑不是她亲生的，她怎么就能那么笨呢，一点都不像我，应该说，我一点都不像她。我是不是就在某个寒冷的清晨，被我那开三轮拉客的父亲从陵园石阶上抱回去的？这事我还真认真想过。我上面还有两个姐姐，她们都出去打工了，也不知道打的是哪门子的工。不过她们都很乖很听话，每月都按时汇钱回来。我们家其实就靠她们养着了，我父亲每天拼了命地蹬三轮只是为了证明自己身为一家之主不至于那么被动。

我父亲说我出生时，三更半夜，街上还在放鞭炮，他便给我取名一枪，他说，你们放炮，我开枪。

此刻我却找不到一样可以拿得出手的家伙。这个家庭糟糕透了。

母亲在厨房里进进出出，她记性不好，每次都忘拿东西。她要杀几条蛇鲻鱼，一会忘了拿盆子一会忘了拿刀砧。她终于在天井里蹲了下来，突然又想起什么，大概是我把抽屉拉了出来，掉在地上弄出了很大的声响。我想找把螺丝刀，我父亲修三轮车时用过一把很长的螺丝刀。可我找不着，它大概被父亲带走了，他的破三轮时不时会在路上掉链子。我想这下人丢大了，连把螺丝刀都没有，我总不能赤手空拳又跑回街上去吧。

"你爸要回来了。"

母亲一边杀鱼一边提醒我。她的提醒倒是及时，我还不能在家里久留。到街上看看吧，或许能捡根钎子什么的。我从屋里退出时，正好看到了母亲手里的刀。一把普通的菜刀。有总比没有好。我几步上去，一手便夺过了母亲手里的菜刀。此刻它正杀鱼呢，刀面上沾满了鱼鳞和血迹。鱼腥味真浓。我蛮讨厌这种味道。母亲被我吓了一跳，她以为我夺刀是想砍她，她一脸慌乱地跳开了两步远，知道我并无此意时，她才松了口气，问了一句所有人在这种情形下都会问的话："你拿刀干什么？"

我懒得回答，这问得也太没水准了——拿刀当然是砍人呐。

我拿着一把菜刀上街去砍人这事也太没品了。

路上，我几次想扔了它，它却跟长了手似的，握紧了我。我就那样被它握着走了半条街，我没敢把它举起来，甚至都不好意思大幅晃动，我把它紧压在大腿上，就那样贴着我的身体走，看样子，我是个乖儿子，正帮家里人干着什么活呢。我快步行走，没敢在马街上跑起来，一个人在街上跑起来是突兀的，一个人拿着一把菜刀在街上跑起来更是突兀的。

我从未如此害羞。我空手走在街上时一点都不害羞，带着一把菜刀，我就害羞了。我甚至想放弃，背负着当逃兵的骂名。假如我放弃了，回到家，把菜刀还给母亲继续杀蛇鲻鱼，然后耐心地等着母亲做饭，等父亲开着三轮车回家，一家人围着一个小桌子吃饭。父亲每到中午都要喝二两海马酒，也不敢喝多，他每喝一口都要抬头训我一句，天天如是，训的话也一成不变，他是个缺乏想象力的人，无法组织更丰富的言语，通常他说出第一句，我就能背出第二句，这是个无趣的过程，对我而言却蛮有成就感，就像是读书时偷到了试卷的答案，答一题对一题，次次一百分。是的，这个中午如果不是大丁把一口痰吐在了人家眼前——他肯定不是故意的，他们那一伙人，我们其实知道，惹不起。因为一口痰，这个中午注定跟往常不一样。

我想我来迟了，作为一场事先约好的打斗，我实在不应该错过。我在脑海里想象着场面的混乱与壮观，大丁挥动大马刀的姿势一定很帅，估计谁也不敢靠近，那东西有多锋利，谁也没亲眼见过；巨象抄了什么家伙出来呢？双节棍、铁链，还是飞轮牙？无论是什么，总比一把菜刀得体。一把菜刀实在上不了什么台面。

我甚至怀疑是不是来错了地方。

马街尾这么一小块空地里，并没有打斗过的痕迹，除了几张翻飞的旧报纸，眼前并无一样活物。怎么回事？奇了怪了。我不知道是打斗已经提前结束，还是根本就没发生，不管怎么样，结果的突兀，让缺席的我感到一种深沉的慌乱。我无所适从，是继续提着菜刀站在原地，还是转身往回走，趁早把菜刀还给母亲杀鱼？应该有五分钟吧，此刻的五分钟对我来说有些漫长，或者说，时间在我的意识里已经不存在，空间却被无限放大，就仿佛眼前这块空地，变成了操场那么大，它的空无一人，更加显出了它的空旷。这确实是不寻常的事情，在我的印象里，马街尾从来没缺少过人影。我们和他们都将此地视作自己的地盘，之所以选在这里决斗，也是有意思的，成王败寇，谁赢了，马街尾就归谁。我们要马街尾做什么呢？马街尾又怎么可能属于我们呢？笑话。

我前面说了，五分钟，我个人享受了五分钟的安静，五分钟后，我就倒霉了。还没等我来得及回头，就已经被几双大手给压住了，他们夺去了我手里的菜刀，反剪着我的双手，我瘦小的身体其实没必要他们多折腾。我跑不了。

我只是奇怪，他们是谁啊？他们自然不是大丁和巨象，也不是我们称作"他们"的那伙人。我看清楚了，他们是街上的大人。

我不知道具体是几个人。

押着我的人说："报警吧。"

"是他吗？"有人问。

"不是他还能是谁啊？你没看菜刀还带着血呢。"

我多想跟他说，菜刀上沾的是鱼血。但我没说，我主要还是想听听他们怎么说，我并不知道到底是怎么回事，他们为什么要控制我。我又不想表现得像其他街上的小孩那样，一被大人欺负就大喊大叫，像只被逮住的老鼠那样慌乱地暴露内心的虚弱。我似乎可以坚强一点。至少我什么都没干，他们一开口就出现了常识性的错误，这个错误用不着我来澄清，只要他们拿起菜刀放在鼻下一闻，便会为自己的冒失而感到脸红。

"谁家的孩子？"

有人来拽我的头发。我的头发太长了点，好几个月没去剪发了，父亲给我剪发的钱无一例外都被我上网花掉了。我的头皮被拽得生疼，关键时刻我得为此付出代价。人们想看我的脸，这些可笑的大人明明知道我是一枪，是马街上混的一枪，是陵园附近住的一枪，是开三轮车的罗凯军的小儿子罗一枪……他们还是要看看我的脸，看看我在他们面前慌乱的样子。我不是那么容易被得逞的人，当我被一只大手拽起头时，我看都没看对方一眼，就朝着他的正面啐了一口痰，很准，像是瞄好了一样，那口痰刚好啐在他的额心上，并顺着他的眉间一直滑到了鼻梁，再准确无误地挂在他的鼻翼上。我还没来得及为此暗喜，啪啪便吃了两大耳光。

我头晕了，被他们架着走。

"谁有罗凯军电话，叫下他，看他儿子给他惹下了多大的祸。"

我想笑，啐人一口痰，也算是惹下的大祸？

他们没把我带回家，而是带到了居委会。这地方我以前来玩过几次，有一扇窗户的玻璃还是我用弹弓打破的，至今也没更换上新的。听他们说，他们选择来居委会，已经是对我父亲最大的尊重了，他们在等着他的到来，看罗凯军如何收拾我闯下的祸落下的烂摊子。直到这时，我才知道，我的祸不仅仅是一口痰那么简单，也不是提着一把菜刀穿过马街站在空地上发五分钟呆那么简单——简单说，在我到达空地之前，他们已经把另外一个人送去了医院。他们说，那人至少被砍去了两根手指头，幸好手指头没丢，如果来得及，还可以接上去。他们在讨论手指头接上去后是否还和原来一样，差点为此吵了起来。好几次，我插嘴，那不是我干的，真不是我干的。他们都没听见，似乎已经忘记了我的存在。说过几次之后，我就没再继续了，因为我知道他们是不会相信我的，他们早就想找个理由收拾我了，当然，除了我，还有大丁和巨象，再说了，如果他们问："不是你，那会是谁？"我总不能说是大丁吧，尽管我几乎百分之百肯定，砍下"对方"两个手指头的，一定是大丁的大马刀。说到最后，我还是错过了一场事先约好的打斗，最为糟糕的是，我还得为错过了的事情买单。看来我这黑锅是背定了。想到此，我心里有些酸楚，却又有几许悲壮。

奇怪的是，我竟然盼望父亲能早点到来。在好多场合，我一点都不希望父亲存在，家里，或者在街上遇见，好几次他看见我在街上不可一世的样子差点就开着他的破三轮要撞死我了。我不喜欢他，他也十分讨厌我。不过又能怎么样呢，我们是父子，谁也拿谁没办法。我只是感觉这次遇到的事情不太一样，它有点大了，在大是大非面前，父子总得站在一起吧，就像他在家里对我又打又骂的，如果哪天看到我被人又打又骂，他也是不干的。我是他的儿子，再怎么样都是他的儿子。我想他要是慢点来，这帮人一气之下把我弄进了派出所，那事情就更大了。就像大丁没事时开玩笑说的那样，进派出所，就跟进医院似的，进去容易，出来就难了。事实上大丁也没进去过，道听途说，他跟我、巨象一样，还没坏到需要派出所的人来惦记。而此刻，他们又在哪里呢？

不知道是谁报的警，或者事情真的大到惊动了警局，谁知道呢？反正父亲刚把三轮车停在街边，骂骂咧咧大踏步进来时，两个民警就已经跟在他的屁股后头了，看样子就好像是父亲把他们带来似的。实际上不是，我相信父亲不会那么干。父亲一回头，也吓了一跳，他便顾不上靠墙的长凳上像只瘟鸡一样坐着的儿子了，连忙给民警派烟，接着又给居委会里的人都派了一圈，剩下的也没几个人，等待的过程中，好多人已经失去了耐心，走了。被我啐了一脸痰的中年人还没走，坚持到了最后，为的就是把一口痰的事告诉我父亲，否则他就白挨了那口痰了。父亲给他道了歉，又慌忙塞给他一百块钱，让他去买烟。他嘴上慷慨陈词，手已经把钱接走了。我抬头看了一下，整个屋子里，除了那个一直埋头看电脑的窗口女孩，就坐着五个大人，我几乎都认识，有几个还能叫出名字。带头的民警叫阿昌，有一回我大姐需要回家开个无犯罪记录证明，父亲就是去找阿昌帮的忙，阿昌为此还要了我家三斤章鱼头。

他们一个个抽着烟，一会整个屋子就烟雾缭绕了。他们摆开一副要好好商量的架势，却忽略了我这个主角的存在。好几次，我试图跟父亲申冤，我说，真不关我事，我去的时候一个人影也没有。每次父亲都喊我闭嘴。父亲语气坚硬，我却从他看的眼神里得知，他在给我传递信息，似乎要我放心，他可以搞掂，民警里有他认识的人。

一个黝黑的男人在说伤者伤势的严重性，说了半天我才知道他是那个已经送去医院的人的叔叔。为什么是叔叔？伤者的父母都不在家，去了外地打工，已经通知了，正从深圳赶回来。我却还不知道，那个据说被我砍掉两根手指头的男孩到底是谁，事情莫名其妙到了荒唐的地步，现场却容不得我发声。我有点害怕了。我不知道那人被砍掉了哪两根手指头，然而不管是哪两根，这都是十分严重的事情。我伸出十指，想象着如果少掉两根，一只手立马就会变得非常恐怖，让人怯于去接触。

我又开始大喊。真不是我干的。起初他们都不理我，父亲为了让我闭嘴，狠狠地瞪我，骂我。民警阿昌突然向我走来，他太高大了，满脸是长痤疮留下来的疙瘩，丑极了，难怪我大姐不喜欢他。他像只野兽一样凑到我眼前，看样子还得动动鼻翼，嗅嗅气味，要吃了我似的。他问："不是你干的，那是谁？"

我怎么知道。我什么都不知道。

为什么提着一把菜刀？

是的，这个细节我回避不了。我得如实招来。我崩溃了，再也坚持不了了。我说我们各自回家抄家伙，我在家里没找到合适的家伙，耽误了时间，等我回到原地时，那里已经空无一人，我不知道是事情已经发生了，还是还没发生，现在看来，是已经发生了。这样一来，我就得把大丁和巨象招出来。事实上，不用我招，他们都知道，我平时和谁一起，街上人谁不知道呢。民警阿昌硬要从我嘴里说出来，这让我有一种愧败感，做了出卖兄弟的事。我想，既然都这样了，我还不如干脆点，十有八九的，这事和大丁脱不了关系，只有他有一把大马刀。我说，是大丁，除了他没别人。

　　事情的急转让父亲有些不适应，他看起来既开心，又难掩失落。他走过来，问我，真不是你干的？我的眼神让他坚信这事真与我无关了，似乎他马上就可以开着三轮车继续上街拉客了。他回头跟阿昌说，你们最好把大丁和巨象找来，不要冤枉我儿子。这事并不难办到。半个小时后，阿丁和巨象便一前一后进了屋，他们看起来一脸茫然，似乎还不知道是什么事把他们找过来的。我倒是有点羞于见到他们，我还真成了软弱的叛徒，他们都成了英雄。他们看了看屋里的人，突然发现角落里耷拉着头的我，同时吓了一跳，一枪，你怎么也在这里，怎么回事？他们的故作惊讶让我一下火了，至少在我看来他们是在演戏，而且还演得这么逼真。何必呢？这不是明摆着要坑我吗？敢做不敢当的人怎么会是英雄？我抬头看着他们，我说，你们谁干的，就跟警察说清楚，别赖我头上。大丁说，怎么啦？巨象补充，是啊，到底怎么回事？

　　不是说好一起回家抄家伙的吗？难道这事他们也想要赖？

　　你真去啊？大丁差点笑了，我那是骗他们的，缓兵之计，你懂吗？我们打不过他们的，他们十几个人，一人一拳头都能把我们擂死，他们也傻，就那样眼睁睁看着我们溜走了。回家后，我一直呆在家里，没敢出门。这点我妈完全可以作证，我怎么可能去砍人家的手指头呢。

是的，我也一直在家里。我爸可以作证。巨象说。

你有一把大马刀。

那是我骗人的，说着玩的，你见过吗？

大丁反驳得好，我确实没见过他的大马刀。

怎么回事？我有点蒙了。他们不像是在撒谎。他们撒谎的样子骗得了别人骗不了我。

我父亲意会到了什么，他拍了拍民警阿昌的手，把他叫到了一边。

他们站在离我稍远的地方，中间隔着黝黑男人的高声控诉。大丁和巨象一左一右站在我身边，他们显然也蒙了，现场的混乱程度远远大于他们所能从容面对的能力。大丁低声问我，你为什么要陷害我们？你自己干的事，你自己承担啊。我能听出大丁话里的怨恨，虽然声音很小。巨象显然已经和大丁站在一起了，这小胖子以前不是这样的，以前最喜欢和我一起对付大丁了，仿佛我们只有在一起时才是大丁的对手。这次，我彻底失败了。然而我并不在意他们在我身边的存在，我不愿意听他们说什么，我希望他们不要靠着我站，离我远一点，我想听一听父亲和民警阿昌说了什么。是的，在那一刻，我竟然敏感到开始胡思乱想，我甚至觉得父亲会拿女儿来贿赂阿昌，就像上次拿三斤章鱼头换一张无犯罪记录证明一样。

遗憾的是，我没能清楚地听到父亲和阿昌的对话。他们返回时，阿昌笑着，拍了拍我父亲的肩膀。我心想坏了，难道他们已经达成了秘密协议。阿昌跟我父亲说："放心，没事的，孩子还没十四周岁吧？不满十四周岁是不负刑事责任的，不过得先到所里呆几天，等伤者的家人回来了，你们再面对面谈谈。"这话像是对我说的，因为他看了我一眼。父亲点着头："医药费当然我来负责，需要照看的话，我叫阿旋回来。"听到我大姐的名字，阿昌的眼睛亮了一下，也许只有我能察觉，任何任何蛛丝马迹都躲不过我的眼睛。

既然大家都觉得是我干的，那就是我干的吧，我能承担，没必要要谁为我付出代价，尤其是我姐姐。我两个姐姐长得好看极了，尤其是大姐旋，但她一开始就很明确，阿昌不是她喜欢的人。

他们觉得事情弄清楚了，要先带我去所里。大家都散了吧。民警阿昌挥着一只夹烟的手，他总是摆出一副不可一世的架势。另一个民警开始合起记录本，实际上本子里也没写几个字，并示意那个一直握着作案凶器的黝黑男把凶器放进一个白色的袋子里，他挺不耐烦的，"现在菜刀上都是你的指纹了。"黝黑男一下子慌了，脸煞白，连忙把菜刀丢进袋子里，像是之前握的是条蛇，这会才意识到。我差点没笑出声来。

这血真腥。

不知是谁嘀咕了一句。

那不是人血，是鱼血。我大声说。

你闭嘴，没让你说话。我父亲又大声呵斥。

父亲实在容不得我再添乱了，他已经在使出浑身解数救我，我能感觉到他的紧张和全力以赴。这些年我给他添的乱已经够多，都有点习以为常了。显然这次闯下的祸不同往常，砍下和接上两根手指头都不是小事，得花好几万，钱从哪来？还不是我那两个姐姐。问题是，他妈的，那两根手指头真不是我砍的，"不是你砍的那是谁砍的呢？"我只要为自己申冤一次，他们都得这么问一次，好像我必须得说出是谁砍的才能证明我的清白。我只能沉默。我刻意沉默，说什么也没鸟用。在派出所那几天，我倒没受到什么委屈，我不过是未满十四岁的小屁孩，加上阿昌喜欢我大姐，总之，他对我还挺照顾的，甚至想跟我套近乎。他说他小时候也狠，在街上当混混，也打过人，砍过人，后来上了警校，才当的警察……看似在跟我讲一个励志的故事，目的是希望我能向我姐转达。他做梦，在我看来，他虽然当了警察，不过是换一种形式在街上当混混罢了。我只等着证据能帮我证明一切，比如他们肯定会检验出来，那把菜刀上的血真是鱼血。

我那两个在深圳工作的姐姐都回来了，在警局，和对方的父母分坐两边，在民警阿昌的调解下达成了协议。我不在场，但能想象那场景的被动。我的家人得点头哈腰，笑脸相迎，赔礼道歉，为我犯下的罪，他们得赎。想到这里，我很痛苦。

一个礼拜后，我回了家，是阿昌开着摩托车送我回来的。我竟像个客人那样被迎进家里，我从没有这么被家人隆重对待过。我两个姐姐都还在家，那天中午我们一起吃饭，阿昌也在场。在这个事情上，他算是帮了我家一个大忙，我闯出这么大祸最后用不多的钱摆平了，而不用去蹲劳改。我大姐旋说她不出门了要留在家里照看我，她看样子不再讨厌阿昌的存在，也许这是父亲一手策划的结果，不过看大家和颜悦色的样子，倒像是一件好事。我又能说什么呢？我是个闯祸的小孩，我只能让自己看起来乖一点，就像所有证据最后都证明行凶者是我一样，比如他们检验出菜刀上的血迹与伤者吻合，比如警察把大丁一家翻了个底朝天也没找出所谓的大马刀……

自此，我和大丁没了来往，听说他去了一个很远的城市，那地方一到冬天就下一拃厚的雪；巨象搬家了，他父亲倒卖橡木家具赚了一笔钱，在四十米大道买了房子。好长一段时间，我过得很无聊。我大姐话是说要照看我，实际上没多久就和阿昌拍拖了。有一天我上街闲逛——我很少上街了，对街上的一切都感觉陌生——突然一个年轻人喊住了我，他在街边摆个水果摊，可我不认识他，或者见过，但真不认识；他看着我，举起手掌，有两根手指稍微弯曲，很明显能看出畸形。我恍然大悟，这人就是传说中被我砍掉两根手指头的家伙，可我们竟然是第一次见面。

不，他显然是认识我的。他笑着说，没别的意思，只是想感谢你，你把我砍醒了，要不是你，我现在还是个街头混混，现在……我父母也回来了。我们一起低头看他的水果摊，品种还不少，看样子生意不错。

我正想做最后的辩解，我想说真不是我砍的，真不是。我还没说话，他又说，那天你拿着一把大马刀，疯了一样，把我们所有人都吓跑了，我摔了一跤，没想到你还真砍了，你他妈的太狠了。

后 记

　　我时常会忘掉小说里人物的名字，感觉就像现实生活中遇到的那些过路人，蓦一回头想，也是只记模样忘了姓名。然而我对每一篇小说的由来却记忆犹新，写过的小说也不算少，所以说记忆力这东西也挺诡异。

　　去年中秋，一家人在公园里赏月，人很多，月很圆，气氛很好——我们一家在那个公园至少度过了五个中秋节，每一年的境况和心情都不一样，去年更是复杂。按惯例，我得打个电话回家，跟妈妈说，和往年一年，我们还在海滨公园赏月。妈妈的心情明显很低落。我问怎么啦？妈妈沉了一会才说，隔壁某某死了，心肌梗死，就一天的事，早上不舒服，送去医院，晚上尸体就从县城拉回来了，可惜啊，才五十二岁……

　　这就是小说《纵身》的由来。小说里那位死去的"父亲"，我在他身上所倾注的笔墨便是对死者的缅怀和敬重。我缺乏凭空虚构的能力，这可以说是我的弱项。我的小说几乎都能在生活中找到原型，或者类似于原型的影像。《纵身》如是，《云南，云南》如是，《你不知道路往哪边拐》《皮小姐》亦如是，而《鸟儿走在回巢的路上》《他们都说我有一把大马刀》，前者来自新闻原型，后者来自街上某个亲眼看见的场景。面对生活中的人和事，小说家有其超人的敏感。

小说要解决的，或者说小说里的人物要解决的，无非也就是"来路"和"去向"（最后可能什么都没有解决）。来路不正，去向不明，都是很尴尬的事情。《纵身》是追溯来路的小说，当初晨循着来路捋清并谅解这一家子的卑微时，他就放下了，与其在想象中虚设父亲纵身一跃，不如说是他从自身的魔窟里纵身逃脱了；至于《你不知道路往哪边拐》，单从题目看，就预示了它是个寻找去向的小说，当乞者说"没有人会在那找到你"时，去向就已经很明朗了。我无意在小说中宣扬玄妙的哲学，就算《皮小姐》这样"玄乎"的小说，我也是缺乏主观意图的，仿佛小说有自身成长的生命力，有时作为作者真的是无能为力。这里的无能为力并非技术上的，而是精神上某种类似毒品依赖的顺从。这么一说，仿佛小说真正的书写者并非"我"这么一个人，而是我身体里那个虚拟的操纵者。小说家的肉体都是精神之傀儡。

有时候我蛮想打通一些东西，具体是什么，也说不太清楚。我们所追求的通透感，当然是比较高的境界，通透之前，总得先打通。比如精神与物质的打通，自身经验与世界共性的打通，具体到题材之间的打通，场景之间的打通，甚至是表现手法的打通……好的作品里，我们是看不到清楚的题材之别、场景之分、手法之异的，库切的《耻》，我们能说它是城市小说还是乡土小说吗？是现实主义还是现代主义呢？拘于我们有限的视野和认知，总是太善于分门别类，按部就班，既禁锢了自己也禁锢了笔下的人物和故事，当我们站在一个更高处，宏观地看待这个世间人事时，一切自然就通透了。在我的这个集子里，读者们大概能看出我在这方面的努力。

"锐·小说"系列已经是第三辑了，有幸入选，感觉写作这个事总有出乎意料的惊喜，这惊喜来自写作本身，也来自外界的鼓励和爱护。我每出一本集子，都有一种把儿女都稳妥安顿的快感，心里十分舒畅。这几年，我出了两个作品集，一个湖村系列，一个城市系列，都是短篇集子。它们固然完成了一些我的文学愿望，事后回想，还是有不少遗憾，至少我可以把它们做得更好。于是如同写作，总是把美好的愿望寄托给下一个。这是一次接近完美的结集，入选的六个小说都是我近期比较满意的作品，它们在书写题材的边界和艺术手法的表现上都触碰到了我所能到达的可能。

作为一个路子传统的写作者，这些年来我得到不少刊物和出版社的帮助，具体是一个个尽职尽心的编辑，想想都很美好，我在这里郑重道一声感谢！

陈再见

2016 年 11 月 6 日